中世釈教歌の研究

寂然・西行・慈円

山本章博
Yamamoto Akihiro

笠間書院

はじめに

和歌は長い伝統の中でいつしか仏教と結び付き、仏教文化の一つとしても意義づけられ存在し続けた。僧は和歌を詠み、和歌を詠むことは仏教の真髄を悟る基盤になると信じられ、そしてその和歌によって教化し、人々は和歌によって祈った。この世で苦なく迷いなく生きたい、来世には美しい所に生まれ変わりたいと思うならば、仏教でいう「悟り」とはなんだろう、「浄土」とはどんなところだろう、と人々は思いを巡らす。哲学的な論議が行われる一方、絵画や図像でその姿を表し、また日本では伝統的な和歌によって「悟り」「浄土」を表現し、それを捉えようとした。釈迦の教えの和歌、すなわち「釈教歌《しゃっきょうか》」というジャンルが登場するのである。

平安末期から鎌倉初頭、本書で扱う寂然《じゃくぜん》・西行・慈円が生きた時代、和歌と仏教の同等性を強調する言説が散見されるようになり、同時に釈教歌、特に経文を題とした法文歌が盛んに詠まれ、四季や恋歌の中にも、仏教と関わらせる歌が見られるようになる。この頃が、和歌と仏教が本格的に関わり合い始めた時期であり、その二つの結び付きの回路を解明するためのポイントとなる時代である。仏教の教義や言葉と和歌はなぜここまで接近し、同等と見なされるようになったのか。仏教と和歌の接点である釈教歌の表現の分析からそれを解明したい。本書の問題意識はそこにある。

現世の風景でありながら現世ではない風景。この世でもあの世でもない風景。無常と永遠の狭間に浮かび上がる風景。その魅惑的な釈教歌の表現世界を紐解いていきたい。

『中世釈教歌の研究——寂然・西行・慈円』目次

第三部　慈円

凡例

一、本書における引用について、特に注記のない引用は以下に拠る。その他の引用については、各章の注に記した。なお、読みやすさを考慮し、適宜表記を改めた箇所がある。

和歌・漢詩

『法門百首』（山本章博『寂然法門百首全釈』風間書房）、『極楽願往生歌』（『釈教歌詠全集』第二巻）、『傘松道詠』（岩波文庫『道元禅師語録』）、『和漢朗詠集』及びその他の和歌（『新編国歌大観』）

その他

『俊頼髄脳』（新編日本古典文学全集『歌論集』）、『袋草紙』（新日本古典文学大系『袋草紙』）、『和歌政所一品経供養表白』（簗瀬一雄「『和歌政所一品経供養表白』について」（簗瀬一雄著作集一『俊恵研究』加藤中道館）の本文により書き下した）、『古来風躰抄』（『歌論歌学集成』第七巻）、『栄花物語』（新編日本古典文学全集『栄花物語』）、『今昔物語集』（新日本古典文学大系『今昔物語集』）、『今鏡』（講談社学術文庫『今鏡』）、『宝物集』（新日本古典文学大系『宝物集・閑居友・比良山古人霊託』）、『発心集』（角川ソフィア文庫『発心集』）、『撰集抄』（岩波文庫『撰集抄』）、『十訓抄』（新編日本古典文学全集『十訓抄』）、『古今著聞集』（新潮日本古典集成『古今著聞集』）、『沙石集』（日本古典文学大系『沙石集』）、『徒然草』（新日本古典文学大系『方丈記・徒然草』）、『雨月物語』（角川ソフィア文庫『雨月物語』）、『梁塵秘抄』（新日本古典文学大系『梁塵秘抄・閑吟集・狂言歌謡』）、『去来抄』（古典俳文学大系）、『法華経』（岩波文庫『法華経』上・中・下。巻数・頁数を合わせて記した箇所がある）

二、『大正新脩大蔵経』を引用する場合、その巻数・ページ数・段数（上・中・下→a・b・c）と適宜行数を示した。たとえば「大正蔵九・二〇b一五」は、『大正新脩大蔵経』九巻・二〇頁・中段・一五行目を示す。

中世釈教歌の研究

――寂然・西行・慈円

序章　中世初期の和歌と仏教――その研究史

一　和歌と仏教の接点

藤原俊成は、その歌論書『古来風躰抄』において、和歌の歴史を天台の歴史になぞらえ、その和歌の奥深さを空仮中《くうけちゅう》の三諦《さんたい》を引き合いに出して説明する。一方、「法華経二十八品歌」や「極楽六時讃歌」など仏教をテーマとした多くの釈教歌を詠んだ。さらに釈教歌でなくとも、たとえば月の歌の中でその光を仏の光と表現するようなものも見られる。中世初期、和歌と仏教は急速に接近しているように見える。俊成において端的に見られるように、和歌と仏教を結びつけて意味付けていく和歌思想の問題と、そして仏教の思想なり経典をいかにして和歌で詠むかという釈教歌の表現の問題があり、そして表現の問題は釈教歌だけに止まるものではない。これに加えて、場の問題すなわち仏教儀礼や唱導の中で詠まれる和歌の問題がある。この中世初期において、仏教的和歌観の問題、和歌表現の問題、場の問題は、相互にどう関わり合うのだろうか。本書の問題意識はここにあるが、まずは、それぞれについて研究状況を概観し、本書の論点を交えながら問題点を押さえていきたい。

二　仏教的和歌観の問題

和歌と仏教の関わりを支えるのは、和歌という狂言綺語の過ちも讃仏乗の縁となり得るという所謂「狂言綺語観」、さらに和歌は仏教の真言陀羅尼に通じるという「和歌陀羅尼観」がよく知られている。しかしなぜ和歌がいとも簡単に仏道に通じていくと言われるのか。その根拠は何であるのか。和歌と仏教をつなぐ回路、その共通性を探ろうというのが、研究の大きな方向性となっている。

狂言綺語観については、三角洋一「いわゆる狂言綺語観について」（『源氏物語と天台浄土教』若草書房、一九九六・一〇）に、その展開等について詳しく述べられているが、そこで指摘されるように、煩悩としての和歌がその姿のままで翻って悟りの機縁となるというのは、背景にはやはり本覚思想と言われるような天台の現実肯定主義があるのだろう。ただし、天台本覚思想があったから和歌は仏教と結びついたという単純な構図ではない。現実肯定的な思想が日本で形成されていくのは、逆に和歌のような伝統的な確固とした文芸があったという側面も考えられる。そういった文芸から仏教思想への影響という方向も考えるべき問題である。この点については、特に第三章で恋と仏道の結び付きの問題から考える。

また、天台思想との関連で言えば、俊成の『古来風躰抄』における、

　これは浮言綺語の戯れには似たれども、事の深き旨も現れ、これを縁として仏の道にも通はさむため、かつは煩悩すなはち菩提なるがゆへに、法華経には、「若説俗間経書略之資生業等皆順正法」といひ、普賢観には「何者か是罪、何者か是福、罪福無主、我心自空なり」と説き給へり。よりていま、歌の深き道も空仮

中の三躰に似たるによりて、通はして記し申なり。

という天台止観、特に空仮中の三諦と和歌のなぞらえは、多くの関心を集めた。和歌と止観を結ぶ論理を見出そうとする研究が盛んになされたが、渡部泰明『中世和歌の生成』(若草書房、一九九九・一、第三章第一節)で、少なくともここで強調されているのは、俗界を離れ俗念を払い、心を空しくして、何か超越的な価値に心の奥底まで貫かれた状態であろうと思われる。それが歌の道に拘わる根本的な姿勢であることを、論理によってではなく、読み手の身に直接実感させようとしたのではないか。

というように、論理ではなく歌を詠む心の状態において止観と関わるという方向が示された。さらに、錦仁「和歌の思想―詠吟を視座として―」(院政期文化論集第一巻『権力と文化』森話社、二〇〇一・九)は、『古来風躰抄』のこの止観とのなぞらえの直後に述べられる声の問題を起点として、その詠まれる声によって神仏と感応道交するものとしての和歌のあり方を提示する。その中では念仏や管絃との思想の共通性も指摘され興味深い。そして、人と仏の世界をつなぐものとして「心澄む」という精神状態があるとする。

〈心澄む〉〈すまして見る〉は、自然美を発見しそれを歌に表現せしめる高い精神状態であり、そこにおいて仏教的観想が可能となる詩的境地なのであった。注意すべきは、そうして詠まれた歌によって現実世界が仏国土へ接続し一体化したものとして把握されるようになることだ。

というように、「心澄む」とは現実世界から仏の世界を見通す高い精神状態である。渡部氏の言う「何か超越的な価値に心の奥底まで貫かれた状態」と通じるものであろう。和歌と仏教は、論理というよりも、根本的にはこうした高次な精神状態になるところにおいて結び付くのであろう。和歌と天台思想との関連の問題は、第二章で寂然『法門百首』を通じて検討していく。

一方、和歌陀羅尼観については、菊地仁「和歌陀羅尼攷」（『職能としての和歌』若草書房、二〇〇五・七）に、その背景に三国的世界観、密教的思想があり、俊成よりやや下って、慈円が深く関わっているという指摘がある。伊藤聡「梵漢和語同一観の成立基盤」（『中世天照大神信仰の研究』法蔵館、二〇一一・一、第四部第一章）は、慈円『拾玉集』巻五散文における三国的世界観の背景にある悉曇学との関連を明らかにする。このような形で慈円については、その思想学識の基盤をさらに探っていく必要がある。この『拾玉集』巻五散文は、他に和歌と五大五行説との関わりや、恋歌と仏教との関わりなど、多くの問題を含むものである。第三部では、和歌即真言陀羅尼観形成の背景を探るため、慈円の和歌表現と密教の関連を考える。

三　釈教歌の問題

釈迦の教えを詠んだ歌のことを釈教歌というが、その中でも仏典の文句を題とした釈教歌を法文歌という。中世初期までの法文歌の歴史を簡潔に押さえておく。

すでに『万葉集』にも、広い意味で仏教に関わる和歌は見られるが、法文歌の歴史の出発は道長の時代であった。藤原有国「讃法華経二十八品和歌序」（『本朝文粋』巻十一・三四九）は、長保四（一〇〇二）年のものと考えられるが、この中に「いまだ法華を以て題となさず。」とあり、法華経題による詠歌はこの時が初めてである。道長、公任、赤染衛門、長能にまとまった法華経題の法文歌が見られ、この長保四年の詠歌であるものも含まれると思われる。ここから、法文歌は、『法華経』の句を題とする「法華経二十八品歌」が主流となっていった。一方、勅撰和歌集では、『拾遺和歌集』の哀傷部の末に、初めて釈教歌がまとまって採られている。

その後も法華経題を中心として様々な形のものが詠まれる。寛弘九（一〇一二）年の選子内親王による『発心和歌集』は、やはり法華経題を中心とした五五首からなり、初のまとまった法文歌集である。また、源俊頼の『散木奇歌集』の釈教部では、法華経題の他にも、『阿弥陀経』『無量寿経』など浄土教系のものが多く詠まれていて、異彩を放っている。『田多民治集』の「法華経二十八品歌」は、一首一首に左注が付してあるが、これは忠通が近衛天皇に『法華経』の心を教えるために書かれたものであった。

そして、それまでの法文歌と一線を画す、歌ことばを大胆に詠み込みながら優艶に仏典世界を描く表現を確立したのが藤原俊成である。康治年間（一一四二〜一一四四）に待賢門院が結縁のために人々に詠ませた「法華経二十八品歌」、また永暦元（一一六〇）年に没した美福門院の依頼によって詠まれた「極楽六時讃歌」が代表的な作品。さらに、俊成が部類配列をした『久安百首』の題にも、「釈教」が採用されている。撰者となった『千載和歌集』でも、初めて「釈教」の部立を設けた。この頃より新古今時代にかけて、本書で扱う寂然・西行・慈円を中心とした釈教歌の全盛時代を迎える。

釈教歌の研究は、その類聚という形で始まった。勅撰集、私家集等に散在する釈教歌を集め分類する作業である。古くは室町末期の実海撰『訳和和歌集』（天文二〈一五三三〉年以前）がある。『法華経』及び開結二経の釈教歌を類聚し注を付したもの。江戸時代には、有賀長伯編『片岡山』五巻、その後編に当たる『富緒川』三巻（元禄四〈一六九一〉年刊）、また浄土宗、浄土真宗によるものとして、坂内直頼（山雲子）『説法用歌集諺註』（元禄四〈一六九一〉年刊）、随有軒浄恵編『釈教題林集』（宝暦九〈一七五九〉年刊）、先啓編『釈教玉林和歌集（浄土真宗玉林和歌集）』（寛政一〇〈一七九八〉年刊）がある。これらは実際の説法の際の手引きとして編集されたものであった。そして、江戸時代の釈教歌研究の集大成として、畑中盛雄（多忠）『類題法文和歌集注解』（寛政二〈一七九〇〉年脱稿）がある。近代に入ってからも、明治四五年に松尾茂『道歌大観』（三宝出版会、復刻版、一九八二・二）、また昭和に入って『釈教歌詠全集』全六巻（河出書房、一九三四・五〜一一）が刊行された。この時代辺りまでの研究史については、『影印版類題法文和歌集注解』第一巻（世界聖典刊行協会、一九八三・一）所収の間中冨士子による解説、大取一馬編『浄土真宗玉林和歌集』（龍谷大学仏教文化研究所、二〇〇一・一二）前編（研究編）の論考、八木意知男編『説教必用釈教題林和歌集』八坂神社蔵明治版翻刻（京都女子大学、二〇〇三・一）の編者による解説がある。

近代における釈教歌の先駆的研究として、岡崎知子「釈教歌考―八代集を中心に―」（『平安朝女流作家の研究』法蔵館、一九六七・八）と間中冨士子『国文学に摂取された仏教―上代・中古篇―』（文一出版、一九七二・一二）が挙げられる。岡崎氏は釈教歌を、①経旨歌（経典の句を題としたものなど）、②教理歌（仏教一般の教理を詠むもの）、③法縁歌（仏事法会などに関わるもの）、④述懐（仏、浄土への思慕や我が身を反省し宗教的心情を吐露するものなど）に分類したが、釈教歌の研究はこれまで岡崎の言うところの経旨歌が中心であった。高木豊『平安時代法華仏教史研究』（平楽寺書店、一九七三・六）第五章「法華経和歌と法文歌」のように、法華経和歌と今様の法文歌の総体を論じたものもあるが、石原清志『釈教歌の研究』（同朋舎、一九八〇・八）に見られるように、中心は俊成、西行、慈円の「法華経二十八品歌」であった。それは、錦仁「法華経二十八品和歌の盛行―その表現史素描―」（『国文学解釈と鑑賞』

一九九七・三）の中で「二十八品和歌の表現史は、いかにして自然・風景を歌のなかに採り込んでくるかという歩みであった。」というように、新古今時代の釈教歌が、前代のものに比べて、格段に自然・風景を採り込み、そこに、仏典世界と和歌的自然美の世界が融合する高い芸術的境地があると考えられてきたからである。錦氏は、その叙景的性格が強まっていく背景に、地上の風景を、「知性による把握を高く超越した次元に、あたらしい色あいを帯びて顕現した聖なる風景」として見るようになることがあるとする。自然の中に仏教的悟りに通じる聖なるものを直感しようとする姿勢が確立されていく。こうした釈教歌の魅力は、現実世界と超越世界が通じ合うような不可思議な感覚を呼び起こすところにある。

俊成については、姫野希美「藤原俊成の法華経廿八品歌の詠法をめぐって」（『国文学研究』一〇四、一九九一・六）、同「藤原俊成の極楽六時讃歌の詠法をめぐって」（『早稲田大学大学院文学研究科紀要別冊』一九、一九九三・二）が、その伝統的和歌表現をふんだんに用いた詠法において前代の釈教歌と明確な差異があることを論じた。

その俊成の方法をさらに押し進めたのが、寂然『法門百首』である。川上新一郎「『法門百首』の考察」（慶應義塾大学国文学研究会編『王朝の歌と物語』桜楓社、一九八〇・四）が成立などの基礎的問題を整理し、三角洋一「『法門百首』の法文題をめぐって」（『源氏物語と天台浄土教』若草書房、一九九六・一〇）で法文題の出典範囲が明らかになった。その後、山本章博『寂然法門百首全釈』（風間書房、二〇一〇・七）で、初めて全注釈が施された。その和歌表現は、伝統的和歌表現世界と仏典世界の融合の極致であり、また、左注を含めて後代の和歌のみならず仏教文学への影響は測り知れないものがある。本書の第一部で詳しく論じていく。

西行に関しては、山田昭全『西行の和歌と仏教』（明治書院、一九八七・五）に「法華経二十八品歌」の評釈を中心に釈教歌の考察がある。近年、和歌文学大系『山家集・聞書集・残集』（明治書院、二〇〇三・七）で、釈教歌を多く集める『聞書集』のすべてに初めて注釈が付けられ、金任仲『西行和歌と仏教思想』（笠間書院、二〇〇七・九）でも「十題十首」「六道歌」「十楽歌」の詳細な読解が示された。本書の第二部では、「法華経二十八品歌」を改めて読み直しその表現の特徴を捉え、さらには瀬戸内における仏教語を掛詞とする歌を取り上げ、西行独特の歌ことばと仏教語との関わらせ方を見ていく。

慈円の『法華要文百首』については、石川一『慈円和歌論考』（笠間書院、一九九八・二）第四章第三節で、その歌の推稿過程から、より洗練された和歌的表現が志向されていることが明らかにされた。また、慈円については山本一『慈円の和歌と思想』（和泉書院、一九九九・一）に詳しく論じられているように、速詠と神仏への祈願という問題も横たわっている。「仏教的和歌観」の項でも述べたように、慈円については密教的和歌観の問題があり、第三部では、『法華要文百首』と「金剛界五部」を題とした歌を取り上げ、密教という観点から見ていく。

次に、先の岡崎氏の分類で言えば法縁歌に当たる分野が近年掘り起こされている。小峯和明「和歌と唱導の言説をめぐって」「法会唱導と呪歌―和歌をよむ場―」「仏教儀礼と和歌」（『中世法会文芸論』笠間書院、二〇〇九・六）の一連の論考によって、唱導の場である仏教儀礼と和歌の関わりの深さが明らかになった。儀礼の中で和歌が果たす役割、和歌という文学が宗教儀礼を彩るという側面を考えていかなければならない。また、阿部泰郎「中世宗教テクストとしての和歌と唱導―賀茂重保と澄憲―」（『仏教文学』三九、二〇一四・四）は、和歌と唱導の交流の場を賀茂重保と澄憲に求め、その姿を明らかにした。先に見たように、江戸時代における釈教歌研究は、説法に釈教歌を用いるための研究という側面があった。近代ではそうした側面からの研究は影を潜めているが、仏教側からの研究がもっとあってもよい。第二章では寂然『法門百首』を天台の唱導文献としての側面から考え、第三章では『法門百首』と唱導師澄憲との関わりを指摘する。また、第六章でも西行の庶民への唱導という問題を提起する。

釈教歌の通史を試みたものとして、山田昭全「釈教歌の成立と展開」（『仏教文学講座』第四巻、勉誠社、一九九五・九）、久保田淳「法文歌と釈教歌」（岩波講座『日本文学と仏教』第六巻、岩波書店、一九九四・五）があるが、経旨歌中心の通史であり、仏教に関わる歌の総体を見通す通史は未だ存在しない現状である。

四　釈教歌以外の和歌と仏教

釈教ではない歌に、仏教がどう関わっているか。関わっているとすれば、どのような歌にどのような形で関わるのか。

表現については、俊成や西行の「月」の歌の中に、月輪観《がちりんかん》を背景としたものや、仏の比喩として詠まれたものがあることはしばしば指摘されている。また、阿部泰郎「観念と斗擻―吉野山の花をめぐりて―」（『国文学』一九九四・七）は、西行の吉野山の桜へのあくがれに菩提の追究の心を見る。四季歌や恋歌のなかに、超越的世界を感じさせるもの、あるいは求道精神を感じさせるものがあることは確かであるが、仏教との関わりの中でどう語ることができるのかは、これからの大きな課題である。

また、表現そのものではなく、仏教が作歌の際の精神構造に影響を与えたという見方がある。錦仁「和歌と仏教」（『うたをよむ―三十一字の詩学―』三省堂、一九九七・一一）は、和泉式部の歌について、

和泉式部は、無意識にまで深められた仏教的な自己返照によって、それまでの和歌に対し〈おのれ〉の深部

をありのままに表現するという精神をもたらしたのである。和歌史に、〈個〉の深部に立脚して歌を詠むという特異な詩精神を注入したといえよう。

というように、歌を詠む精神の中に仏教の影響を考える。

また、末木文美士「荒涼たる心象の奥に――『拾遺愚草』――」(『解体する言葉と世界―仏教からの挑戦―』岩波書店、一九九八・一〇)は、定家の恋歌の分析の中で、

ここで問題になるのは、伝記上の事実や、神祇歌や釈教歌の類ではない。そうではなく、これらの恋歌に示された心象への探究が、どのように宗教と関わりを持つかという問題である。

とした上で、

人間の愛欲の心の奥底に下り立ち、じっとそれを見据えようとする定家の作歌態度が、華厳=禅系の思想ではなく、天台の止観にこそ親しいものであることが十分に理解できよう。

というように、天台止観の観法と定家の歌における心理探究の関連を考えた。

五　文学と宗教の間

以上のように和歌と仏教の共通点、接点を見出すことがこれまでの研究の主要なテーマであった。しかし、研究の目的は、仏教との共通点を見出し、和歌の権威を高めることではない。前掲の末木文美士「荒涼たる心象の奥に――『拾遺愚草』――」では、先のように止観との関わりを指摘した上でなお、愛欲の世界を超えて仏の絶対の世界を求めていく宗教と、どこまでも「情念の荒涼の場」に留まる定家とは、決定的な差異があるとする。迷いなき絶対的世界への希求と、迷いに満ちたこの世への限りない執着。それが一人の人間の中でどう共存しているのか。一つの作品の中でどうバランスを保っているのか、いや破綻しているのか。「和歌と仏教」というテーマの魅力とは、宗教だけではなく、かといって文学だけでもない、その両方に片足を突っ込んだその中途半端な危うい立ち位置にあるのだろう。また末木は「仏教、言語、そして文学」（『解体する言葉と世界―仏教からの挑戦―』岩波書店、一九九八・一〇）の結びにも、

確かに仏教と文学を語るのに、両者の親和性から話を進めることは有効であろう。仏教文学という領域はもちろん成り立つし、また、大乗経典のように、仏教が文学という形態を取らなければ成り立たない場合さえある。だが、その親和性を当然のように言う時、それが一種の馴れ合いでないと誰が確言できるだろうか。それ程両者の調和は自明的ではない。むしろ両者は表面の馴れ合いとは逆に、その底においてすれ違い、あるいは背き合う。だが、言語表現を媒介に、両者が正反対を向きつつ、正反対ゆえにかえって再び反対の一致（coincidentia oppositorum）のように重なり合い、開示する存在の不可思議な世界がある。そして、その扉は、

それを開くことを躊躇させるほど、恐ろしく危険な魅力に満ちている。

と述べる。その「恐ろしく危険な魅力」を持つ作品を見出し、いかにその魅力を語れるか、和歌と仏教の問題を文学研究として考える際の最大の課題となるだろう。

詩人における、この宗教と文学の葛藤の問題は、例えば、上田閑照「山頭火と放哉──「自由律俳句」詩人と仏道──」（岩波講座『日本文学と仏教』第一〇巻、岩波書店、一九九五・五）、あるいは宮沢賢治研究などが示すように、中世和歌に限った問題ではない。時代を越えて広く見渡した上で、中世和歌の位置を見据えていく必要がある。

六　本書の構成

中世初期において、仏教的和歌観はなぜ盛んに語られ、それはどのように生成したのか。釈教歌は、その生成とどのように関わるのか。そしてそれによって一般の和歌は何か変質したのか。「文学」と「宗教」という概念をどう超えて捉えるのか。以上、これまでの研究史を辿りながら、和歌と仏教をめぐる問題点を四点で捉えてみた。

本書では、中世初期の僧侶歌人である寂然・西行・慈円の釈教歌の表現を分析することを基盤としながら、これらの問題点を解決する糸口を捉えたい。改めて本書の内容構成を示しておく。

第一部「寂然」では、『法門百首』を思想、表現、唱導の視点から多角的に論じる。第一章では、その成立状況、題・和歌・左注の基本構造の分析と後代への影響、第二章では、そこに表された和歌思想を明らかにし、また天台の唱導文献としての性格を考える。第三章では、恋と仏道を結び合わせる思想の基盤としての位置付けを明らかにする。

第二部「西行」は、第四章で『聞書集』「法華経二十八品歌」の表現の個性を明らかにし、第五章・第六章では、瀬戸内海浜詠における仏教語と日本語の掛詞による庶民への唱導の姿を考える。

第三部「慈円」は、密教の側面から慈円の釈教歌を考える。第七章・第八章では、『法華要文百首』と密教修法の「法華法」との関連を明らかにし、また、第九章では、密教の主要概念である「金剛界五部」を詠んだ歌の表現を分析する。

釈教歌の作品の多くはまだ十分に読み込まれていない。比較的研究されてきたこの中世初期の作品でさえ、それぞれの詠歌の目的や表現の構造や特徴は十分に説明されていない。それぞれの個性を見極めるとともに、そこに通底するものはあるのか。釈教歌の和歌史における、また仏教史における役割とは何であったのか。さらには、その表現の魅力の在処にも思いを巡らせていきたい。

第一部

寂　然

第一章　寂然『法門百首』の形成と受容

一　成立と企画の目的

寂然『法門百首』を論ずるにあたり、まず成立の問題を押さえておきたい。『法門百首』は、『新古今和歌集』釈教部の中核を担う作品であるが、そこには「人をすすめて法文百首歌よみ侍りけるに」との詞書の下、寂然歌八首の他、素覚法師、源季広の歌がそれぞれ一首並べられている。このことからも、複数の人物が、この『法門百首』を詠んだことが分かる。ただし、百首すべてが現存するのは寂然のもののみで、それ以外の『法門百首』は断片的にしか残っていない。藤原惟方の『粟田口別当入道集』には、

おなじ人の、法文を題にて百首歌をよみてつかはしたりしを、おなじ題にてかへし申したりしかば

はまちどりはかなきあとをとどめずは涙のかかるたまを見ましや

かへし
はまちどりふみだにくつるあとなくはいかでかのりのかどをいらまし　（一三四）

とあり、惟方は、寂然から送られた『法門百首』を受けて、同題で詠んでいる。実際に、『粟田口別当入道集』に、寂然『法門百首』と同題の歌が八首見られる。またこの他、崇徳院、寂超に『法門百首』と同題の歌が複数見られ、『法門百首』のものと思われる歌が残る。(1)おそらく、惟方以外の歌人も同様に、寂然の百首を受けて詠んだのではないだろうか。

これらの成立については、すでに川上新一郎氏が詳しく論じているが、その要点を整理しておきたい。(2)成立時期の上限については、素覚、季広の和歌活動の時期が保元の乱後に認められ、また寂然の兄の寂超撰『後葉和歌集』雑五の釈教部に、『法門百首』から一首も入集していないことが目安となる。この『後葉和歌集』の成立時期は、久寿二（一一五五）年五月〜翌三年正月の間と考えられているので、それ以降ということになろう。一方下限については、崇徳院が寂然の『法門百首』を受けて詠んだとすれば、崇徳院崩御の年、長寛二（一一六四）年八月までとなる。また、崇徳院と季広の『法門百首』歌が『続詞花集』（永万元〈一一六五〉年）に入集しているので、季広のものもこれ以前に詠まれていたことが分かる。その他、寂超、素覚については、成立年を絞り込む決め手はないが、惟方については永暦元（一一六〇）年長門に配流され、その後、永万二（一一六六）年三月に帰京しているので、帰京後『法門百首』を寂然より送られ詠んだかと思われる。

以上のように、寂然の『法門百首』が保元元（一一五六）年以降間もなく成立し、その後十年ほどの間に、その他の歌人のものが順次詠まれていったという状況であったと考えられる。

保元の乱後、崇徳院も詠んだことを考えれば、この『法門百首』が院のために企画され、讃岐の院をなぐさめ、後生を願うという目的があったという考えは、妥当性を持つだろう(3)。ただし、一箇所だけこれと矛盾すると考えられる記述がある。無常部の八八番歌の左注は、他とくらべて突出した長文になっているが、その要旨は、最愛の人の死を長く弔い、それをきっかけとして仏道へ趣くことを唱導するものである。その末尾は次のようなものである。

この国にも天暦の帝かくれさせ給ひける時、君を慕ひたてまつる心のあまりに、御形見の色を命ともに変へぬ人もありけるとかや。それのみにあらず。いにしへは君におくれたてまつり、思ふ人に別れて、世をのがれるたぐひ多く聞こゆ。こころざしのまことに深きならば、さこそはあるべけれ。

この左注が、崇徳院の生前に書かれて、院も目にしたということは、考えにくい。むしろ院の崩御後、人々にその院の菩提を弔うよう勧めるための文章として読むことができる。この八八番注が突出して長文なのは、院の崩御後、書き加えられた、あるいは書き換えられた結果なのではないだろうか。院の生前、注を含めて寂然『法門百首』は完成し、院を含め何人かが同題で詠んだ。さらに、院の崩御を期に八八番注を改め、その後も人々に『法門百首』を送って崇徳院の菩提を永く弔うことを唱導し、惟方をはじめそれに唱和した歌人がいた、という状況を想定したい。

二　全体の構成と題の採集意識

寂然『法門百首』は、広く仏典から採集した題による法文歌のみの百首歌で、一首一首に左注が付けられている。(4)これより以前には、『久安百首』に釈教部が設けられているが、法文歌のみの百首歌はみられない。同時代においても俊成と西行にまとまった法文歌があるが、それは「法華経二十八品歌」であり、百首歌形式のものはない。時代が下って慈円に法華経題のみの『法華要文百首』、さらに下ってやはり法華経題のみの『尊円親王詠法華経百首』が残る。

さてここで、題の採集範囲を『法華経』に限るか否かという違いがあるものの、注目されるのは、『法門百首』と『尊円親王詠法華経百首』が、ともに部立てを設けていることである。『法門百首』は、春・夏・秋・冬・祝・別・恋・述懐・無常・雑の十の部立て形式。尊円の百首は、春・夏・秋・冬・恋・雑・神祇の七つの部立て形式である。両者の題の比較によって、まずは『法門百首』の題の採集意識に迫ってみよう。

『法門百首』春部の題を見てみると、「春陽之日遊戯原野」(三番)、「唯除楊柳以其軟故」(六番)、「花有着身不著身」(九番)と、その題の中に、「遊戯原野」「柳」「花」など、明らかに春の和歌の題を含む句があることがわかる。また、「無明転為明如融氷成水」(一番)、「下仏種子於衆生田」(七番)と、「融氷」「種子」など、春の景物を連想させる句を含むものも見られる。たとえば春部冒頭の一番歌について、

無明転為明如融氷成水

春風に氷とけゆく谷水を心のうちにすましてぞみる

山深きすみかも、あらたまの年たちかへりぬれば、嵐のこゑもかはり、峰の朝日ものどかなるに、止観の窓おしひらきて、かすかなる谷を見やれば、音絶えにし山水も春知り顔にいづる波、いとあはれなり。妄想おのづからしづまり、法門こころに浮かびぬれば、観恵の春の風に無明の氷とけて、生死のふるきながれ、法性の水とならんをりはかくやと思ひよそふるにや。すまして見るといへる、この心なるべし。

この歌と左注を見てみると、歌には「春風に氷とけゆく」とあり、また左注に「あらたまの年たちかへりぬれば」と見え、「立春」が意識されていることがわかる。となると、題に「融氷」とあるのも意図的に「立春」題に見合うものを選択してきていると考えられる。一方、尊円の百首は、「栴檀香風悦可衆心」と春との関連で選ばれたものも見られるが、「世尊黙然而不制止」（五番）、「唯有一乗法無二亦無三」（六番）のように、『法華経』「序品」の要点となる句が中心で、全体に春の歌題に関連したものを採集しているわけではない。

このように、『法門百首』においては、まず部立てを設け、そこに配列すべき歌題が念頭にあり、その歌題に見合うような句という制約の下に題が選ばれている。さらに、題の選択の前に、春の冒頭歌なら「立春」の心に寄せた法文歌を作ろうという、ある程度の構想も出来ていたようである。この点が、同じ部立てを設けた法文歌百首であるが、『尊円親王詠法華経百首』には見られない『法門百首』の特徴である。四季の部において、題の他、歌の表現、左注を含め検討し、一首一首に前提にされていると考えられる歌題を想定し、［表］に示しておく。

また、四季の部以外の部立ての題についても、祝部では、「不老不死」「千歳」「不朽」など、別部では「至他国」

「別離」「去」「長別」など、恋部では「繋縁」「忍」「難遭」など、述懐部では「孤露」「衰老」などと、全体に部立てと密接な句を含む題が選ばれている。

さて、［表］に示したように、四季部において想定した歌題のうち、括弧を付した題以外はすべて『堀河百首』題で括ることができる。また、祝、恋、述懐、無常、という部立ても『堀河百首』の雑の題に見えるものであった。部立ての組み立て方、和歌の題を想定する際の規範として、まず『堀河百首』題が念頭にあったのではないかと思われる。『堀河百首』歌の表現からの影響も指摘できる。たとえば、『法門百首』冬部の「氷」題が想定される、

寒来結水変作堅氷
流れ来しその水上に風さえていつ結びける氷なるらん　（冬・三五）

は、『堀河百首』のやはり「氷」題の、

水上にいくへの氷とぢつらんながれもやらぬ山川の水　（一〇〇八・河内）

を、水上の結氷を思いやる発想を表現する点において学んでいると思われる。

『法門百首』が崇徳院と大きく関わることを考えれば、崇徳院歌壇における『堀河百首』の重要性をここでも強調することができよう。(5) また、俊成の「述懐百首」は、『堀河百首』題という枠のなかで「述懐」という一つ

［表］

季	番号	題	想定題
春	1	無明転為明如融氷成水	立春
	2	是諸衆鳥和雅音	鶯
	3	春陽之日遊戯原野	子日
	4	草木叢林随分受潤	春雨
	5	青葉紅花非染使然	梅（柳）
	6	唯除楊柳以其軟故	柳
	7	下仏種子於衆生田	苗代
	8	入苫蔔林不臭余香	梅
	9	花有着身不著身	桜
	10	繽紛而乱墜如鳥飛空下	帰雁・三月尽
夏	11	着於如来衣	更衣
	12	住於十住小白花位	卯花
	13	声勝衆鳥	郭公
	14	雨多則爛	五月雨・菖蒲
	15	栴檀香風	蘆橘
	16	如蓮華在水	蓮
	17	二乗但空智如蛍火	蛍
	18	月隠重山挙扇類之	（扇）
	19	内謂涅槃如石泉水	泉
	20	除世熱悩致法清涼	荒和祓
秋	21	開涅槃門扇解脱風	立秋
	22	清夜観星	七夕
	23	菩薩清涼月遊於畢竟空	月
	24	猶如秋月十五日夜	月
	25	重霧翳於太清	霧・雁
	26	悲鳴呦咽痛恋本群	鹿
	27	秋九月従茲始入天台	月
	28	故仏説為生死長夜	（秋夜）
	29	蘭菊檀美	蘭・菊
	30	経行林中	紅葉
冬	31	即脱瓔珞細耎上服	初冬
	32	乃至以身而作床坐	霰
	33	拾薪設食	炭竈
	34	如寒者得火	炉火
	35	寒来結水変作堅氷	氷
	36	鮮白逾珂雪	雪
	37	雪山之鳥	雪・千鳥
	38	秋収冬蔵更無所作	寒蘆
	39	如空中風無依止処	（嵐）
	40	衆罪如霜露	霜

のテーマを詠み込んだものであったが、『法門百首』も、『堀河百首』題を基盤とした歌題を「法文」というテーマで詠むという試みとして捉えるべき性質がある。つまり、法文歌による初めての百首歌の試みは、『堀河百首』題を法文歌で詠むという試みと捉えることができるのだ。

　また、『法門百首』が、『法華経』に限らず仏典の広い範囲から題を採集している理由を、従来は寂然の教養の高さのみに求めてきたが、歌題に見合うような句を仏典の中に探った結果、自ずと出典範囲が広がった、という側面からも考える必要がある。

三　和歌の表現

このような性格の題の下で、和歌はどのように詠まれているのだろうか。また、法文歌の歴史の中でどのように位置づけられるだろうか。まずは、それまでの法文歌からの主な表現の影響と詠法の相違点を指摘する。

『法門百首』が参考としたと考えられる作品の一つに『発心和歌集』がある。これは、法文歌集の嚆矢的存在であり、後の法文歌の詠法に大きく影響を与えた作品であるが、本百首にも、題、歌の表現の両面における影響が見られる。たとえば、『法門百首』、

繽紛而乱墜如鳥飛空下

けふのみと散りかふ花の匂ひかな雲井にかへる鳥にたぐひて　（春・一〇）

の一首は、同題の句を含む『発心和歌集』の、

雨天曼陀羅　摩訶曼陀羅　釈梵如恒沙　無数仏土来
雨栴檀沈水　繽紛而乱堕　如鳥飛空下　供散於諸仏

いろいろの花ちりくれば雲井より飛びかふ鳥と見えまがひけん　（四一）

を参考としたと思われる。『発心和歌集』題の一部を採用し、「花」と「雲井の鳥」を詠み込む点を倣っているが、『発心和歌集』歌では「飛びかふ鳥」としてその鳥が具体的にとらえられないのに対して、『法門百首』歌は「かへる鳥」として春の終わりの「帰雁」をイメージさせている。さらに、初句の「けふのみと」は、

亭子院の歌合の春のはての歌
けふのみと春をおもはぬ時だにも立つことやすき花のかげかは
（古今集・春下・一三四・躬恒）

と詠まれているように「三月尽」の心を表し、春の部を締めくくるにふさわしいものに仕立てあげている。『発心和歌集』の表現に倣いながら、「帰雁」「三月尽」という歌題に寄せて詠んだのである。

また、独自なものが多い『法門百首』題の中で、『発心和歌集』と同題のものがさらにまとまって見出せる。『発心和歌集』二五番の題は、『法華経』「序品」の「又見仏子、未嘗睡眠、経行林中、勤求仏道」であるが、この中の「未嘗睡眠」が『法門百首』恋部の六八番、「経行林中」が『法門百首』秋部の三〇番に見える。また、『発心和歌集』三〇番の題は、『法華経』「従地涌出品」の「善学菩薩道、不染世間法、如蓮華在水、従地而涌出」であるが、「不染世間法」が『法門百首』述懐部の七一番に、「如蓮華在水」が『法門百首』夏部の一六番に見える。同題でありながらも、それぞれ部立てに振り分けられているように、『法門百首』の歌題を念頭においた題の採集方法の特徴がここでも確認できよう。表現とともに、題の採集の際の資料としても『発心和歌集』があったようである。

さて、この『法門百首』と最も近い位置にあると思われるのが俊成の法文歌であり、表現の影響関係を指摘する事ができる。(6)

『法門百首』雑部の歌は、「五時八教《ごじはっきょう》」の歌でまとめられている。「五時」の歌は、この『法門百首』より少し前に成立した『久安百首』（一次本、久安六〈一一五〇〉年）で数人の歌人が試みているが、その中でも特に俊成の詠法を学んでいる。たとえば、「方等」の歌を俊成は、

きゝそめし鹿の苑にはことかへて色色になる四方のもみぢば　（久安百首・釈教・八八七）

と詠んだのに対し、『法門百首』は、

遊化鹿苑

ききそめしかせぎがそのの法の声世をあきはつるつまにぞありける　（雑・九二）

と詠んだ。初句の置き方、鹿を中心に秋の情趣の中で詠み込んだ点において共通する。

また、『法門百首』の、

菩提薩埵利物為懐

人をみな渡す誓ひの橋柱たてし心はいつか朽ちせん　（述懐・八〇）

は、俊成の康治年間（一一四二〜四四）に詠まれた「法華経二十八品歌」の、

序品　広度諸衆生　其数無有量

わたすべき数もかぎらぬ橋柱いかにたてけるちかひなるらん　（長秋詠藻・四〇三）

を、「橋柱」を中心に「立て」「わたす」そして「立て」から「誓ひ」と縁語仕立てにする組み立てにおいて学んでいる。俊成は、題の「度」から、「橋」を連想し、表現の中心に置きながら、法文の心を賛嘆する内容で詠んでいるが、『法門百首』は、「為懐」という述懐を連想させる題の下、歌の表現も「いつか朽ちせむ」と結び、全体を「述懐」調の歌に仕立てあげている。(7)

あるいは、『法門百首』の、

長別三界苦輪海

いとひこしうき世の海に船出して今日ともづなを解く日なりけり　（別・六〇）

は、俊成の同じく康治年間の「法華経二十八品歌」、

無量義経　船師大船師

ともづなは生死の岸にとき捨てて解脱の風に舟よそひせよ　（長秋詠藻・四三一）

の、迷いの国から離れることを「ともづなをとく」といった点を学んでいる。俊成が、題の「船」から連想された歌語によって表現を組み立てているのに対し、『法門百首』では、「長別」という「別」の主題を示す句を含む題の下、「ともづなをとく」という表現をその主題を表す句としてとらえているのである。

このように、『法門百首』と俊成の法文歌は、法文題から連想した歌語を表現の柱として詠むという方法においては共通するのであるが、『法門百首』は、こうした俊成の詠法を受けながらも、さらに、部立て、その元での歌題に沿った一首として表現を形成させるという工夫がなされているのである。

さらに、こうした『法門百首』の方法の裏にある表現意識を探ってみたいが、その際に、俊成の法文歌より、むしろ次のような俊成の四季や恋の歌の中で仏道との関わりを詠んだ歌が参考になる。いずれも『久安百首』の中のもので、

みちとほくなにたづぬらん山桜おもへば法の花ならなくに　（春・八一六）

いとふべきこはまぼろしの世の中をあなあさましの恋のすさびや　（恋・八七九）

などである。これらには、仏道に照らして「花」「恋」という歌の心のはかなさを詠むことにより、和歌の根幹をなす主題を仏道と相対化しようという意識があると思われるが、『法門百首』にも、同様に和歌の伝統的情趣を相対化しようという意識が見られるものがある。たとえば『法門百首』の、

春陽之日遊戯原野
千歳ふる松もかぎりはあるものをはかなく野べに引く心かな　（春・三）

は、「子日の野遊」の心に寄せたものであるが、左注には、「みどりの松にたぐひてちよの春をすぐとも、をはりある世をば楽しむべきにあらず。」とあるように、伝統的な歌の情趣を仏道に比して相対化し、また、

青葉紅花非染使然
ぬしやたれ柳の糸をよりかけていろいろにぬふ梅の花笠　（春・五）

も、「柳」「梅」に寄せたものであるが、左注に、「梅の花笠は鶯の縫ふとかいひおけれど、これはただよそへごとなり。まことにはその主さだまれる事なし。かるがゆゑに一色一香無非中道と説けり。」と言うように、中道の思想に照らし、『古今集』巻二十の、

青柳をかた糸によりて鶯のぬふてふ笠は梅の花がさ　（神遊びの歌・一〇八一）

という古歌の情趣を「ただよそへごとなり」と相対化する意識があることが分かる。しかしながら、特にこの春五番歌の表現は、和歌の情趣を根本的に否定しようというものではなく、むしろ「梅の花笠」という和歌の情趣

を多分に引き受けた上で、鴬が縫ったと言われているが、それを新たに「誰が作ったのか」と問い直し、その不可思議性を問う形になっている。俊成は、『久安百首』の中で、先のように和歌に対する仏道の優位を表現する一方、

この世にはみるべきもなき光かな月も仏のちかひならずは　(秋・八四七)

というように、むしろ両者を同等の位置に置くような形で詠んでもいる。『法門百首』についても同様であり、仏道の立場から伝統的な和歌の世界を相対化する意識を持ちながら、表現はその両者の融合を目指しているのだ。『古今集』の古歌を踏まえているものを見てみる。たとえば、『法門百首』の、

繋縁法界一念法界
人知れず心ひとつをかけくればむなしき空に満つ思ひかな　(恋・六一)

は、天台の根幹思想でもある一念三千《いちねんさんぜん》の思想を詠んだもので、その心を『古今集』の、

わが恋はむなしき空に満ちぬらし思ひやれども行く方もなし　(恋一・四八八・よみ人しらず)

を利用して詠んでいる。左注に、「思ひやれどもゆく方もなしなどいへる古事も、仏の道を恋ふる事ならば、い

とよくこの文にかなひぬべし。」とあり、古歌の心と法文の心の直接的なよそえがなされている。また、『法門百首』の、

住忍辱地

みちのくの忍ぶもぢずり忍びつつ色には出でて乱れもぞする　（恋・六三）

は、「忍恋」の心に寄せたものであるが、やはり『古今集』の、

みちのくの忍ぶもぢずりたれゆゑに乱れむと思ふ我ならなくに　（恋四・七二四・源融）

を本歌取り的にふまえていて、忍恋の表現がそのまま仏道における忍辱の心を表現する形になっている。さらに言えば、これは、『千載集』の恋の部に「題しらず」として入っていることからもわかるように、題を除いてしまえば法文歌には見えないほど、和歌的文脈が強くなっている。(8) 古歌の表現そのままが仏道の心を表現するものとなっているのである。こうした本歌取り的な技法を用いた法文歌は、俊成を始め、前代には見られず、歌題に寄せて表現を組み立てる方法が生んだ『法門百首』独特の歌風なのである。

以上、部立ての中で法文歌を詠むという全体の構成、その部立ての中においてふさわしい法文題が選ばれ、表現が形成されていること。仏道の立場から和歌を相対化する意識を底辺に持ちながら、表現は『古今集』歌を本歌取り的に踏まえるなど、和歌の伝統的枠組みによって仏典の心を詠んだ法文歌であるということができよう。

法文歌の歴史の流れでみれば、法文題に忠実に直訳的に表現する方法から、時代とともに歌ことばを多く利用するようになっていき、特に藤原俊成においてそれが加速することは、すでに指摘されているところである。[9]さらに『法門百首』は、『堀河百首』題を規範としながら、伝統的和歌表現の枠組み全体を仏典に融合させようとした。その結果、その表現は題を除けば法文歌とは判別がつかないほどにまで和歌的文脈を強めることになったのである。

四　和歌の部立て、題の後代への影響

こうした、和歌の部立て、題の中で法文歌を形成する『法門百首』の方法は、後の法文歌の詠法にも影響を与えている。

早くは、「右大臣家百首」（治承二〈一一七八〉年）で隆信は、

後法性寺殿、右大臣御時百首歌、人人によませさせ給ひしに、般若経心を

くれ竹のむなしととけることのはは三世の仏の母とこそきけ　（隆信集・九四二）[10]

と、『法門百首』祝部の、

鬱々黄花無不般若

あだし野の花ともいはじ女郎花三世の仏の母とこそきけ　（四二）

を踏まえて、『般若経』を三世のものとしてその恒久性を表し、「祝」によせた法文歌を詠んでいる。

その後、百首歌で釈教題が出されているものを見ていくと、『殷富門院大輔百首』（文治三〈一一八七〉年）では「寄法文恋」という題が出されている。また、歌林苑周辺では、「恋変道心」など恋と仏道を結び合わせた題が流行する。深い罪であるはずの恋が仏道と積極的に結びついていくのは、あくまでも和歌の枠組みの中で法文をとらえようとした『法門百首』が背景にあると思われる。この恋と仏道の問題については、第三章で改めて詳説する。

また、『正治後度百首』（正治二〈一二〇〇〉年）の釈教では、後鳥羽院が「五時」の歌を詠んでいるが、次のように『法門百首』の表現に倣ったものが見られる。

朝日出でて峰の梢を照らせども光りも知らぬ谷の埋木　（法門百首・九一）
出づる朝日山の高根を照らせども行くへも知らぬ谷の埋木　（正治後度百首・五六）
ききそめしかせぎがそのの法の声世をあきはつるつまにぞありける　（法門百首・九二）
しりそめしかせぎがそのの萩の葉にひまなくおける無漏の朝露　（正治後度百首・五七）

『新古今集』で『法門百首』歌が大きく評価されるまでの過程を思わせ興味深い。

なおも注目すべきは、この『正治後度百首』において藤原範光と雅経が、それぞれ四季を柱とした明確な構成意識の中で詠みこなしていることである。藤原範光は、

方便品　若人散乱心、乃至以一花

乱れちる心なりともひと花をそなへよととく法ぞうれしき　（一五六）

安楽行品　若於夢中、但見妙事

夏の夜のみじかくむすぶ夢なれど妙なることをみればたのもし　（一五七）

寿量品　常在霊鷲山

もち月のくまなきかげをみるからに鷲のみ山をおもひこそやれ　（一五八）

普門品　弘誓深如海

わたつうみのふかきちかひを頼む身はとづる氷のつみもあらじな　（一五九）

提婆品　経於千歳

千とせまでつかへてならふこの法をたもてば君も久しかるらし　（一六〇）

というように、五首を四季と祝に寄せて詠んだ。五首目の「経於千歳」は『法門百首』祝部の題に見られたもので、法文歌においてこうした和歌の題に寄せた法文歌が詠まれる際に、『法門百首』題が一つの拠り所となっていたことをうかがわせる。

また、雅経は、

天眼通

おしなべてたづねぬ山の花も見つへだつる雲のへだてなければ　（二五六）

天身通

とほざかるこゑもをしまじ郭公聞きのこすべき四方の空かは　（二五七）

宿住通

世世をへて過ぎにし方をおもふにも猶くもりなし夜半の月影　（二五八）

他心通

みな人の心心ぞしられける雪ふみ分けてとふもとはぬも　（二五九）

神境通

おもひたつほどこそなけれ東路やまだしら川の関のあなたは　（二六〇）

というように、「五通」を題とするが、五首を四季と羇旅に寄せている。

また、慈円勧進の『四季題百首』[11]は、全体を四季の心に寄せた百首歌であるが、そこには釈教部が設けられ、四季に寄せた法文歌が詠まれている。慈円・定家・家隆のものが残る。

定家のものは『拾遺愚草員外』に見られるが、

草木叢林随分受潤

これやそれあまねくうるふ春雨におのおのまさるよものみどりは　（六〇三）

除世熱悩致法清涼

みな月の道行人ぞおもひしる法のすずしさいたすちかひを　（六〇四）

衆罪如霜露恵日能消除

たのむかならき世を秋の草の上にむすぶ露霜きゆる日影を　（六〇五）

如寒者得火

いまぞしる冬の霜夜のうづみ火に花の御法の春の心を　（六〇六）

この四題はいずれも『法門百首』題をそのまま用いている。「草木叢林随分受潤」は春部四番歌題、「除世熱悩致法清涼」は夏部二〇番歌題、「衆罪如霜露」は冬部四〇番歌題、「如寒者得火」は冬部三四番歌題である。定家は、「衆罪如霜露」を秋の題としているが、いずれも『法門百首』の四季部から抜き出している。

家隆の『壬二集』では、『四季題百首』以外にも、釈教部に、

釈教の心を、四季の雑によせて

匂ひけん昔の法の庭ならばこぬ人あらじ宿の梅がえ　（三一九六）

水無月の日かげをだにもいとふ世にもえん炎の後ぞかなしき　（三一九七）

露のをはり玉の衣にみだるなよ浮世の秋のしのぶもぢずり　（三一九八）

つとめても法のつとめの山水はむすぶとすれど氷る日もなし　（三一九九）

つらきよの人の心の色色にしばししぐるる山のはの月　（三二〇〇）

と見られる。順に、春・夏・秋・冬・秋に寄せたものである。

慈円はまた、十如是《じゅうにょぜ》の歌の中でも、

如是相、春

よしの山雲か花かとながめけむよそめはおなじ心なりけり　（拾玉集・四二一二）

如是性、夏

なつの池にもとよりたねのあればこそにごりにしまぬ花もさくらめ　（同・四二一三）

如是体、秋

月をまつむなしき空のくれぬまの心まどはす女郎花かな　（同・四二一四）

如是力、冬

梅がえはつちにつくまで降る雪に松の木ずゑはたわまざりけり　（同・四二一五）

と四季に寄せて詠んでいる。

このように見ていくと、『法門百首』以降、和歌の題に寄せて法文歌を詠むものが見られるようになり、そこには『法門百首』との関わりが濃厚に見出される。こうした法文歌の規範として『法門百首』は読み継がれていったのである。

五　左注の構造

法文歌としての特徴を論じてきたが、『法門百首』の持つ意義は、左注を見逃すわけにはいかない。法文歌に左注を付す例は、すでに『田多民治集』の「法華経二十八品歌」に見られる。この歌と注は、忠通自身が近衛天皇に『法華経』の心を教えるために記したものであった。

この『法門百首』の場合、まずこの左注が寂然自身のものであるか、あるいは他の人物が加えたものであるか、という問題があり、これまでも見解が分かれている。「伝寂然筆法門百首切」は、藤原朝隆の筆による撰述直後の清書本とされ、(12)すでに左注を完備した形であり、これを信じれば、注は後代に付けられたものではなく、成立当初から付されていたことになる。一方、『釈教歌詠全集』は、「後人の加へたるなるか」と自注説を疑っているが、その根拠は、文末に「〜にや」と推量が多用されていることにある。(13)自らの歌の解説に「〜ということを言っているのではないか」というような文体が用いられるのは不自然だということである。しかしこれに対して川上新一郎氏は、これを「謙譲もしくは婉曲の表現」として自注説をとっている。(14)

あらためて左注全体を見渡すと、「にや」の他にも「〜べし」あるいは「〜にこそ」と、推量で文末を結ぶ箇所が多く見られる。この推量の箇所を見ると、ほとんどの場合、和歌の表現と題の文の関連を解説した箇所に用いられている。例えば、

聞名欲往生

音に聞く君がりいつか生の松待つらんものを心づくしに　（恋・六五）

弥陀の願の力、名を聞て往生せんと思ふは、皆かの国にいたりて、おのづから不退転を得といふ文なり。弥陀の解脱の袖を濡らしつつ待ちかねて、いかに心もとなくおぼしめすらん。里をばかれずと思ひ知らむ人は、急ぎて参らんと願ふべし。生の松は西の海の波路を隔ててありと聞けば、かの国に思ひよそふるにや。

右の傍線部のように、題の内容の解説については「なり」という断定で結ぶ。それに対し、和歌で「生の松」といっているのは、「極楽」をよそえて連想していったのではと、和歌の表現と題の文との関係の解説については「にや」で結ばれる。この「生の松」という歌ことばと「極楽」という仏典世界の「よそへ」は、寂然がこの作品で初めて示そうとした大胆な試みであった。それを断定調ではなく、やや控えめに謙譲的表現を用いたと言えるのではないだろうか。成立当初から左注が付されていたということを合わせて、左注は寂然自身による注である可能性が大きいと考えられる。

その左注は、百首の中で長短様々だが、最も簡略な注は、例えば、

住忍辱地

みちのくの忍ぶもぢずり忍びつつ色には出でて乱れもぞする　（恋・六三）

初心始行の菩薩、よく違順を忍びて心を乱るべからざる事をいふなり。

のように、題の経文を解説するのみである。この『法門百首』左注の全体の基本は、題の文の意味とその場面を理解させることにある。次の段階として、先の六五番注のように、和歌の表現と題文との関係の解説が付く場合があり、さらに、題の内容から発展して独自の論の展開がなされるものもある。特に述懐部・無常部の左注は充実していて、述懐部では、日々の行いの反省を促すように、あるいは無常部ではその無常を実感させるように、広く漢籍等も引用しながら説いている。一つの経典のテーマ・場面に対して、和歌的世界のみならず、漢詩文の世界も結び付けて、それを理解させようとする態度が見られるのである。

六　左注の後代への影響

左注から他の作品への影響については、山田昭全氏が『宝物集』と『方丈記』との関係の深さを指摘し、[15]また小島孝之氏が、『法門百首』八四番左注と、『閑居友』跋文との影響関係を指摘されている。[16]その他、説話文学への関わりについては、『発心集』との関連が指摘できるが、これについては第三章で述べる。また、『唐物語』『今鏡』『海道記』にも表現の類似が見られ影響関係が考えられる。[17]

ここでは、この左注から後の和歌文学への影響が考えられる例を指摘する。

『法門百首』一番歌、

　　無明転為明如融氷成水

春風に氷とけゆく谷水を心のうちにすましてぞみる

山深きすみかも、あらたまの年たちかへりぬれば、嵐のこゑもかはり、峰の朝日ものどかなるに、止観の窓おしひらきて、かすかなる谷を見やれば、音絶えにし山水も春知り顔にいづる波、いとあはれなり。妄想おのづからしづまり、法門こころに浮かびぬれば、観恵の春の風に無明の氷とけて、生死のふるきながれ、法性の水とならんをりはかくやと思ひよそふるにや。すまして見るといへる、この心なるべし。

この左注の内容は、歌の詠歌時の状況の説明となっている。山深い住処において、止観修行の合間に体感した立春の日の谷川の流れから、煩悩が涅槃になる心境を詠むという、歌の表現の範囲を越えたかなり具体的な状況設定がされている。止観の合間や止観の後に和歌を詠むということは、「雲居寺聖人懺狂言綺語和歌序」にも「予止観之余、坐禅之隙、時々有和歌之口号」と見えるが、(18) こうした詠歌時の状況をしばしば詞書きに記しているのが明恵である。その中でも特に、次の作品と比較してみよう。『明恵上人集』の、

建保四年四月に、楞伽山《りようがせん》の草庵にあり。坐禅入観のひまにかけ作りたる縁のきはに立ちたれば、谷より峯に至るまで藤の花咲き上れり。松にかかり風になびきて、地より空に上るに似たり。昔、如来、楞伽王の請を受けて、妙花《めうけ》宮殿《くうでん》に乗じて上り給ひしよそほひかくやと覚ゆれば

花宮殿を空に浮べて上りけむそのいにしへをうつしてぞ見る

傍線を付したように、この座禅の間に草庵の縁に立ち、谷を見渡し、そこに宗教的風景を感得する、という状況が、『法門百首』一番歌の左注とよく似ていることが分かるであろう。また、『明恵上人集』の、

春風に氷とけゆく谷川を霞ぞけさは立ちわたりける　（一一九）

は、この『法門百首』一番歌と上の句の表現が酷似している。あるいは、『明恵上人集』の、

しるべなきわれをばやみにまよはせていづくに月のすみわたるらん　（一五三）

は、『続後撰集』にも「題しらず」として入集しているものであるが、『法門百首』には、

不審没此何生

しるべなきわれをば闇に迷はせていづこの月の澄まむとすらん　（別・五八）

と、ほぼ同様の表現の歌がある。(19) 明恵と寂然の直接の交流を示す資料は見出していないが、このように密接な表現の影響関係が見出せるのである。いずれにせよ、明恵が『法門百首』を見ていた可能性は高いのではないかと思われる。

また、京極派和歌は明恵との関連も指摘されているが、『風雅集』における花園院の、

三諦一諦非三非一の心を
まどのほかにしたたる雨をきくなべにかべにそむけるよはのともし火
（釈教・二〇六七）

は、『摩訶止観』の句を題に採り、それを『白氏文集』の上陽白髪人の詩句をふまえた表現で詠んだものである。題と歌の表現との因果関係について問題の残る歌であるが、こうした『摩訶止観』の説く空仮中の三諦と上陽白髪人の心を結びつけたものとして、『法門百首』秋部、二八番の左注に、

さまざまに起こるはみな因縁生の法にして、三諦不思議の理なりと観ずるとき、我が心おのづから空なれば、罪福主なし。妄想の心かへりて了因の種となり、或は壁に背けたる灯火のほのかなる影に思ひをよそへても、長夜の闇のうちに久しくまよへる事を悲しび、窓打つ雨の静かなる声に袖を濡らしても、中有の旅の空にひとり出でん事を嘆くべきなり。

とある。このように、形は様々であるが、和歌とともに左注も、後の仏教文学の表現の拠り所として、長く読み継がれていった作品であった。

七　おわりに

以上、寂然『法門百首』の基本的な構造の分析と後代への影響を考察してきたが、和歌は、四季・恋その他の部立て、さらに『堀河百首』題という和歌の規範となる歌題の中に法文題を組み込み、またその規範的な表現によってその法文題を詠もうとしたものである。左注は、題の解説、また題と和歌との関係の解説を基本とするが、その表現は後の仏教文学の拠り所となり大きな影響を与えた。こうして、和歌の規範の中で法文題を詠み、左注で解説していく、その目的は何であったのか。次章では天台思想との関連からこの問題をさらに考えていく。

注

（1）川上新一郎「『法門百首』の考察」（『王朝の歌と物語』桜楓社、一九八〇・四）に集成されているが、浅田徹「初度百首における崇徳院―付、改編本散木集と堀河百首―」（『教育と研究』早稲田大学本庄高等学校研究紀要一四、一九九六・三）で、新たに次の崇徳院の歌一首（「如空中雲須臾散滅」題）が付け加えられた。

さだめなきくもにこのよをよそふればなみだのあめもとまらざりけり（袋草紙・下・イ本勘物）

なお、『袋草紙』では、この歌に続いて、

寂昭、たなびくとみればきえぬるうき雲のありとこのよをたのむべきかは

という一首を引く。これも、寂超「法門百首」の一首か。新日本古典文学大系本二七七頁参照。

（2）注（1）川上論文。

（3）注（1）川上論文。

（4）題の研究に、三角洋一「『法門百首』の法文題をめぐって」（『源氏物語と天台浄土教』若草書房、一九九六・一〇）がある。また、山本章博『寂然法門百首全釈』（風間書房、二〇一〇・七）の巻末に出典一覧がある。

（5）崇徳院歌壇における『堀河百首』題の意義については、松野陽一『鳥帚』（風間書房、一九九五・一一）所収「組

題定数歌考」参照。

(6) 寂然と俊成の法文歌の関わりの深さを示す、『法門百首』以外の例として、次の二首の影響関係をあげることができる。

『長秋詠藻』「法華経二十八品歌」

勧発品　即往兜率天上

はるかなるそのあかつきをまたずとも空の気色はみつべかりけり（四三〇）

『唯心房集』

如法経かきけるとき、よかはにうづみたてまつりて人人かへりけるに、竜華のあか月をまつといふ心を人人よみければ

あさ日まつかずにいる身ぞたのもしきいづべきほどははるかなれども（一六一）

川村晃生校注和歌文学大系『長秋詠藻』（明治書院、一九九八・一二）では、「はるかなるその暁」を「歌題の前文に「是人命終」とあり、それからすれば命を終える時の意。」と解説するが、これは竜華の暁のことであろう。

(7) 以上、二組の『法門百首』と俊成歌の関連は、川村晃生校注『長秋詠藻』脚注に示されている。

(8) 『千載集』恋一に、題しらず、寂然法師として、次の形で入集。

みちのくのしのぶもぢずりしのびつつ色には出でじみだれもぞする（六六四）

(9) 姫野希美「藤原俊成の法華経廿八品歌の詠法をめぐって」（早稲田大学『国文学研究』一〇四、一九九一・六）、同「藤原俊成の極楽六時讃歌の詠法をめぐって」（『早稲田大学大学院文学研究科紀要別冊』一九、一九九三・二）。

(10) この歌、『千載集』釈教・一二二八番に入集。

(11) 承久二（一二二〇）年。定家の他に、同時の詠は、『拾玉集』『壬二集』に見出される。

(12) 小松茂美『古筆学大成』第二〇巻・私家集4解説（講談社、一九九二・六）。

(13) 『釈教歌詠全集』第一巻（河出書房、一九三四・五）。

(14) 注（1）川上論文。

(15) 山田昭全「鴨長明の秘密（下）」（『大法輪』四四・一〇、一九七七・一二）。

(16)小島孝之「教法と芸文―「野寺の鐘」をめぐって―」(『国文学』一九八七・六)。
(17)山本章博『寂然法門百首全釈』(風間書房、二〇一〇・七)参照。
(18)『本朝文集』巻五五「本朝小序集」(『新訂増補国史大系』三〇)。
(19)平野多恵氏は「この歌は、高信が明恵の死後に歌を拾遺した部分にあり、明恵の書き留めた寂然詠を明恵詠と誤って載せたと考えられる。明恵が寂然の歌を知ったのは仁和寺を介してだろう。」(『明恵―和歌と仏教の相克―』第一部第一章、笠間書院、二〇一一・二)と推察する。このように、『法門百首』歌とほぼ同様の表現の歌が後の歌人のものとして見られる例として、恋部の、

かりそめの色のゆかりの恋にだにあふには身をもをしみやはせし(六六)

が、『玉葉和歌集』(釈教・二六六六)に勝命法師の歌として、さらには『法然上人行状絵図』第三〇に法然の歌として見える。また、別部の、

群賢各随所安

ひとりなほ仏の道をたづねみんおのおの帰れ法の庭人(五七)

は、謡曲「誓願寺」に、

ひとりなを、仏の御名を尋みん、をのをの帰る、法の場人、法の場人、法の場人の

と見え、この他「仏原」「実盛」「敷地物狂」にも見られる。さらには、『一遍上人語録』に、

ひとりただほとけの御名やたどるらんをのをのかへる法の場人

と一遍の歌として載る。

第二章　寂然『法門百首』と天台思想——浄土を観る

一　はじめに

なぜ多くの僧侶は好んで和歌を詠んだのだろうか。仏教にとってなぜ和歌が必要であったのだろうか。そこには当然、和歌を詠むことは仏道に通じるという思想がある。では、どう通じていくというのか。その答えを端的に示したものとして、著名な『袋草紙』上巻の源信の説話をあげることができる。

恵心僧都は、和歌は狂言綺語なりとて読み給はざりけるを、恵心院にて曙に水うみを眺望し給ふに、沖より舟の行くを見て、ある人の、「こぎゆく舟のあとの白浪」と云ふ歌を詠じけるを聞きて、めで給ひて、和歌は観念の助縁と成りぬべかりけりとて、それより読み給ふと云々。さて廿八品ならびに十楽の歌なども、その後読み給ふと云々。

源信が和歌を詠むようになったのは、古く『万葉集』沙弥満誓の「世の中を何にたとへむあさぼらけこぎゆく舟のあとの白波」という歌の下の句が、「観念の助縁」つまり、ここでは無常観を成就するための助けとなると悟ったからだというのである。源信は、夜を徹しての修行の合間だろうか、曙に琵琶湖を眺望し、沖に舟が行くのを見た。そこではまだ、それは単なる風景に過ぎないが、沙弥満誓の歌の「こぎゆく舟のあとの白浪」を聞くことにより、その風景は無常の世を体感させるものとなったのである。和歌は、こうした風景の見方をうながすものとして、源信は、「法華経二十八品歌」「十楽の歌」などを詠むようになったという。

その後、藤原俊成は、『古来風躰抄』の中で、

これは浮言綺語の戯れには似たれども、事の深き旨も現れ、これを縁として仏の道にも通はさむため、かつは煩悩すなはち菩提なるがゆへに、法華経には、「若説俗間経書略之資生業等皆順正法」といひ、普賢観には「何者か是罪、何者か是福、罪福無主、我心自空なり」と説き給へり。よりていま、歌の深き道も空仮中の三躰に似たるによりて、通はして記し申なり。

と、和歌を縁として仏の道に通わすことができ、また歌の道の深さは空仮中の三諦に似ているという。この二つの記述は、同じく和歌が仏道に通じていくことを言っているが、そこには大きな距離がある。源信説話が、和歌が無常の観念の助縁となるというのに対し、俊成は空仮中の三諦という天台宗の根本思想と関わらせている点。また、前者は源信がその後詠んだ歌を「法華経二十八品歌」「十楽の歌」というように限定しているが、後者は釈教歌云々という限定なく、歌の道と仏の道を通わせている点である。俊成がいかにして、天台の思想と和歌を

関わらせる発想を持ったのか。また、釈教歌という限定を越えて和歌と仏道を通わせる論理をどのように手に入れたのかという問題が改めて浮き彫りになる。この問題に関しては、『古来風躰抄』の研究の中で議論になってきたところであるが、その中で、和歌と天台を関わらせたものの基盤として、天台安居院流の説教師澄憲の「和歌政所一品経供養表白」（仁安元〈一一六六〉年）の、

伝へ聞く、麁語及び軟語、皆第一義諦の風に帰し、治世語言、併ながら実相真如の理に背かず。

あるいは、藤原基俊の「雲居寺聖人懺狂言綺語和歌序」（嘉承元〈一一〇六〉年）、

経に演ぶ、麁語及び軟語、皆第一義の文に帰すと。誠なるかな此の言。予止観の余り、坐禅の隙、時々和歌の口号有り。春朝戯れに花を指して雲と称し、秋夕哢つて月を仮へて雪と云ふ。妄言の咎避け難く、麁言の過ちいかにせん。（中略）請ふらくは、一生中の狂言を以て、翻して三菩提の因縁と為すのみ。(1)

が指摘されている。(2)しかし、前者は天台系の説教師が説いたものであるが、「空仮中の三諦」などという具体的な天台の思想に触れることはない。後者は、止観の隙の和歌の口号とはいえ、和歌を詠む行為がそのまま止観に通じるという論理はない。まだ、俊成までには距離があろう。

そこで、寂然『法門百首』は、天台との関わりを色濃く示す作品であるが、これを分析することによって、その無常の観念から天台思想へと深みを増す、和歌と仏道の関わりの回路をたどっていきたい。

二　天台の唱導テクストとしての『法門百首』

寂然は、大原に住んだ常盤三寂の一人で、「大原の縁忍上人にしたがひて止観うけならひけるころ、いひむろの寂超上人もろともに法のむしろにつらなりて」（唯心房集・一五九詞書）とあるように、縁忍から天台止観を学んでいる。この縁忍は、大原の来迎院を中心に融通念仏を唱導した良忍の弟子で、寂然がいわゆる天台浄土教の思想を色濃く受けたことが明らかであろう。

さて、『法門百首』と天台宗の関わりの深さは、まずはその題の出典から知ることができる。(3) 題の出典範囲を整理すると、

①『法華経』とその開経（『無量義経』）、結経（『普賢経』）
②天台三大部（『法華玄義』『法華文句』『摩訶止観』）
③天台三大部の注釈類（『法華玄義釈籤』『法華文句記』『止観輔行伝弘決』『天台法華疏記義決』）
④その他天台の典籍（『六妙法門』『金剛錍』『真言宗教時義』）
⑤浄土経典（『阿弥陀経』『無量寿経』と源信（仮託書を含む）の著作（『往生要集』『観心略要集』『自行念仏問答』など）

これで、およそ八割を占める。こうした題を歌で詠み、左注ではこの題の解説を基本としながら百首が続く。つまり、この作品は、天台宗の典籍から抜き出された句を歌に詠み、注で解説しながら、その天台の様々な教義を示したものである。

歌、左注を含めて、その内容面を整理すると、天台の根本経典である『法華経』の様々な場面、天台大師の主な事跡、雑部の「五時」「四教」などの天台の教義、止観・常行三昧《じょうぎょうざんまい》という修行の実践に関わるもの、というよ

うに、経典、教祖、教義、実践という天台宗の総体を表した形となっている。『法門百首』は、和歌集というよりも、和歌を媒介とした天台宗の唱導文献としての性格が見えてくる。これは、実際に『法門百首』と関わりの深い『宝物集』における和歌の役割と性格を同じくするものであろうし、また、天台安居院流の説教師澄憲の説法との関わりも指摘できる。(4) 澄憲との関わりについては第三章で詳説する。

こうした天台宗の世界を説く中で、和歌はどのような役割を果たし、また天台の教典、教義と実践に和歌がどのように関わっているのだろうか。

三　円教の発心としての和歌

まずは、寂然『法門百首』の和歌思想を見てみよう。具体的には、一〇〇番歌左注にそれは見られる。

水流趣海法爾無停

さまざまの流れあつまる海しあればただには消えじみづぐきの跡　（雑・一〇〇）

麁言耎語みな第一義に帰して、一法としても実相の理に背くべからず。いはむやこの卅一字の筆の跡、ひとへに世俗文字のたはぶれにあらず。ことごとく権実の教文をもてあそぶなり。流れを汲みてみなもとを尋ぬるに、法性の海を出づる事なければ、おのづから妄想の波をしづめて、涅槃の岸にいたる方便ともなりぬべしといふなり。実相の理を縁として心をおこすを、円教の発菩提心と名づく。これは最上の発心なり。はじめ三蔵より今の発心にいたるまでは、四教の心を明かすなり。

題は、『法華文句記』の句で、「水流海に趣きて法爾として停ることなし。」と訓読し、水の流れは海に向かいとどまることがない、という意である。それに対し歌は、さまざまの流れが集まる海があるので、この百首の筆の跡はただでは消えまいといったものである。左注に「流れを汲みてみなもとを尋ぬるに、法性の海を出づる事なければ」というように、その真意は、さまざまに詠まれた歌々は、流れ流れて結局は、真実の海に注がれる、ということである。

では、この左注の論理を整理してみよう。まず「麁言耎語みな第一義に帰して、一法としても実相の理に背くべからず」とあるが、この前半は、『涅槃経』二〇「諸仏は常に軟を語り、衆の為め故に麁を説く。麁語及び軟語、皆第一義に帰す。」(5)に拠る文句。全体を通して、荒っぽい言葉も優しい言葉も、みな「実相の理」でないものはないという意。続けて、ましてやこの『法門百首』は、経文を題としたものであり、自然と妄想を鎮めて、悟りに至る方便ともなるはずだという。そして、この「実相の理」を縁として発心するのを円教の発心といい、これは最上の発心であると結論づける。つまり、この百首は「実相の理」に流れ着くものであるから、それを縁として発心すれば、最上の円教の発心になるということ、言い換えれば、この百首は円教の発心の縁となるものだということである。

それでは、その円教の発心とはどのような発心か。『法門百首』の末尾四首すなわち雑部九七番〜一〇〇番歌は、天台の化法四教《けほうしきょう》の発心をテーマとしたものである。化法四教とは、空仮中の三諦の思想を基盤として、その思想内容を四つの段階に分けたもの。(6) 四教のうち、第一の「三蔵教」は、小乗教のことで、三蔵とは、経・律・論のこと。空を分析的に理解する段階。九七番左注では「生あるものかならず滅すと知りて心をおこすを、三蔵教の発心といふなり。」といっている。つまり無常を理解し発心することである。第二の「通教」は、大乗の入門的な教えのことで、声聞・縁覚・菩薩に共通であるから「通」という。空を直観的に理解する段階。九八番左注では、「一切の法は水の中の月のごとく、実にあることなしと思ひて心おこすを、通教の発心と名づく。」という。眼前に存在していると見えるものは、仮に存在しているに過ぎず実体はないということを、水の中の月を見て悟るように、それを直観して発心することである。第三の「別教」は、菩薩が段階を踏んで仏になるという教え。菩薩だけに説かれる教えなので「別」という。空から仮、仮から中へと三諦を段階的に理解すること。第四の「円教」は完全なる教えのこと。空仮中の三諦を直感的に理解する。円融相即《えんゆうそうそく》の一心三観《いっしんさんがん》ともいう。この「別教」と「円教」については、九九番左注に次のように解説されている。

当知池水為清濁本

にごりなく池の心をせきわけて玉もあらはにすましてしかな　（雑・九九）

池の水の玉入るれば澄み、鳥下るれば濁るがごとく、心性もまどひ悟りの本となるといふなり。かくのごとく心を知るを、別教の発心と名づく。この教には我が心、まどひともなり悟りともなるとはいへども、まどひすなはち悟りなりとはいはず。かるがゆゑに円教の氷と水と体ひとつなるには異なり、せきわくといへる、この心なるべし。

傍線部のように、別教では、心は迷いにも悟りにもなるが、円教では、氷と水が一つであるように、迷いはそのまま悟りだという。つまり別教の発心とは、迷い・悟りの根源は一つであると分析して発心することをいうが、円教の発心とは、迷いすなわち悟り、煩悩即菩提を直観的に悟って発心すること、という理解である。

つまり、この『法門百首』は、実相の理すなわち煩悩即菩提、円融相即の一心三観を即座に直感的に悟る方便となるという論理である。『法門百首』は、究極的には、天台の根本思想である円教つまり煩悩即菩提の様相を和歌により悟らせることを目指した作品である、ということができる。源信説話における無常観の助縁という和歌の役割は、さらに推し進められ、三諦を直感的に理解するその助けとなるとするのである。

四　四季の風景と煩悩即菩提

それでは、こうした思想がどう表現の中で実現されているのかを見ていきたい。

円教の発心、すなわち九九番左注にいう「氷と水と体ひとつ」であるように煩悩即菩提を悟り発心する。この様相を具体的に表現しているのが冒頭の一番歌である。

無明転為明如融氷成水　（春・一）

春風に氷とけゆく谷水を心のうちにすましてぞみる

山深きすみかも、あらたまの年たちかへりぬれば、嵐のこゑもかはり、峰の朝日ものどかなるに、止観の窓おしひらきて、かすかなる谷を見やれば、音絶えにし山水も春知り顔にいづる波、いとあはれなり。妄想おのづからしづまり、法門こころに浮かびぬれば、観恵の春の風に無明の氷とけて、生死のふるきながれ、法性の水とならんをりはかくやと思ひよそふるにや。すまして見るといへる、この心なるべし。

題は、『摩訶止観』の句で、「無明転じて明となる、氷を融かして水となすが如し。」すなわち、迷いが悟りへと転じるのは、氷が融けて水になるようなものだという意。歌は、春部の冒頭歌であるので、立春の歌の仕立てとなっている。春のあたたかな風に谷川の氷が融けていく、その風景を心の中に澄ましてみる、というほどの意である。

さらに左注は次のように解説する。山深い住処で、新年の朝、谷川の氷が解けて流れる。止観禅定から立ち上がり、その風景を眺めると、妄想が自然と鎮まって、煩悩の氷が解けて悟りの水になる時は、このような時なのかと感得した。歌で「すましてぞみる」といっているのは、その迷いが悟りになる感覚を得た時の心を表したものであるとする。例えば、

谷風にとくる氷のひまごとにうちいづる波や春の初花　（古今集・春上・一二・源当純）

のように、谷川の氷解は、和歌における伝統的な立春の風景であった。その中に、煩悩が悟りに転じる瞬間の感

覚をとらえている。冬から春になるのと同時に、悟りの身へと生まれ変わる。こうした、季節の移行の中で、煩悩が菩提に転じる瞬間をとらえたのである。また、左注に「止観の窓おしひらきて」とあるように、止観禅定の直後の澄んだ心は、立春の谷川の景色を眺め、それに身をひたし歌を詠むことによりいよいよ研ぎ澄まされ、煩悩が菩提に転ずる感覚をとらえるのである。先に引用した「雲居寺聖人懺狂言綺語和歌序」に「予、止観の余、坐禅の隙、時々和歌の口号有り。」という例があったが、『法門百首』では明確に、止観と詠歌が同一地平のなかでとらえられている。こうした止観による澄んだ心を持つこと、あるいは和歌を詠む、すなわち伝統的情景に身をひたす中で心を澄ますことが、基本的な詠歌態度であることを、この冒頭の歌で示しているのである。(7)

同じく、この題の『摩訶止観』の句を詠んだと思われる、

煩悩即菩提の心をよめる
おもひとく心ひとつになりぬれば氷も水もへだてざりけり
（千載集・釈教・一二三七・式子内親王家中将）

と比較すれば明らかなように、ただ仏典の句の内容を和歌に置き換えて表現するのではなく、歌、左注を合わせて、止観禅定の後の澄んだ心によりながら、伝統的な立春の風景の中に、煩悩即菩提の感覚を体感させ、直感させようとしているのである。

冬部の末尾の歌も、立春における滅罪を詠む。

衆罪如霜露

春来なば心のどけく照す日にいかなる霜か露も残らん　（冬・四〇）

これも同じ所の文なり。我が心むなしとて覚せば、罪障主なし。妄想の闇晴れて恵日のどかに照すべき時を、春来なばとはいふにや。

題は『普賢経』の句で、罪は霜や露のようなものであり、仏の恵みの日が消除するという意。歌では、立春の穏やかな日の光に冬の露霜が跡形もなく消えていく風景の中に、罪が消え悟りの身になる時を観てとっている。『法門百首』においては、こうした立春のみならず、季節の変わり目は、我が身が生まれ変わる感覚をとらえるべき時であった。夏部冒頭の立夏の歌、

着於如来衣

今更に花の袂をぬぎかへてひとへに忍ぶ衣とぞなる　（夏・一一）

生死染着の花の袂は身になれて久し。柔和忍辱の法の衣は今日はじめて着れば、うすき事夏衣によそへつべし。

題は『法華経』の句で、如来の衣を着るという意だが、これを夏の始まりの「更衣」の心で詠む。春の衣を脱ぎかえて、薄い一重の夏の衣になる。つまり花の色に執着してきた春の衣を脱ぎ捨て、柔和でひたすらに耐え忍ぶ如来の衣を着る、と歌では詠む。伝統的な「更衣」の心の中に、如来に生まれ変わる時をとらえたのである。

さらに秋部の冒頭の立秋の歌、

開涅槃門扇解脱風

おしひらく草の庵の竹の戸に袂涼しき秋の初風　（秋・二一）

これも同じところの文なり。二乗をば止宿草庵とて、草の庵にたとへたり。

題は『無量寿経』の句。涅槃の門を開き、解脱の風を扇ぐという意。歌では、庵の竹の戸を開くと秋の初風が吹き込む。そこに、涅槃の門が開かれ解脱していく感覚を観ようとするのだ。

このような、季節の変わり目に、悟り、解脱を得る感覚を観ようとすることは、例えば、

年のあけてうき世の夢のさむべくは暮るともけふは厭はざらまし　（新古今集・冬・六九九・慈円）

のように、季節歌の中にも見出されるようになっていく。

五　恋情と一念三千・中道

さらに、恋の思いの中に、天台の悟りをとらえようとしたものを見てみよう。

繋縁法界一念法界

人知れず心ひとつをかけくればむなしき空に満つ思ひかな　（恋・六一）

観心の人の思ふべきあり様をいふ文なり。法界に心を思ひ広くかくるを繫縁といひ、法界を心にとどむるを一念といふ。中道すなはち法界、法界すなはち止観なりといへり。十界十如三千世間、みなわが一念の心のごとしと思ひ広ぐるなり。思ひやれどもゆく方もなしなどいへる古事も、仏の道を恋ふる事ならば、いとよくこの文にかなひぬべし。

題は、『摩訶止観』の句で、「縁を法界に繫け、念を法界にひとしうす。」と訓読する。左注の理解によれば、全世界に心を広く掛けることを「繫縁」といい、その全世界に心をとどめることを「一念」というとする。そして、「十界十如三千世間、みなわが一念の心のごとしと思ひ広ぐるなり」というように、一念という極小の刹那の心に、三千世間という極大の世界が備わることを悟る、いわゆる天台の「一念三千」の心を表した題である。

歌は、『古今集』の、

わが恋はむなしき空に満ちぬらし思ひやれども行く方もなし　（恋一・四八八・よみ人しらず）

を下敷きとして、人知れずあなたに思いをかけてきたので、その思いは大空に満ちるよ、という恋心を詠む。つまり、恋人に対する思いが、その深さゆえ大空に満ち溢れていくという古来詠まれてきた伝統的な恋情の中に、この極小の心が極大の世界を包み込む「一念三千」の心を重ね合わせてとらえたのである。

また、

但念寂滅不念余事

いづくにか心を寄せん浮波のあるかなきかに思ひ沈めば　（恋・六九）

止観を修する人、ただ法性の理を思ひて、余念まじへざれといふなり。あるかなきかに思ふらんは、中道の理に心をとどむるにや。

この題もやはり『摩訶止観』の句で、「ただ、寂滅を念じて余事を念ぜず。」と訓む。止観修行をする者は、ただひたすらに寂滅を思い、余計なことを思うべきではないといったもの。歌は、わが身が消え入りそうになるほど、恋の思いの中に沈み込み、心の拠り所もない激しい恋情を詠む。この一途な恋心に、止観においてひたすら寂滅を思う心を見出す。さらに、「あるかなきかに思」うというのは、

ことわりやかつわすられぬ我だにもあるかなきかに思ふ身なれば　（和泉式部集・二一〇）

あたりから学んだものと思われるが、左注にいうように、ここに中道の理を悟る心を重ね合わせている。「中道の理」とは、空にも仮にも偏らない中正な絶対の真実のこと。恋する中で、心の拠り所を失い、消え入りそうに思いに沈む。ここに、何事にも偏らない中道の心を観たのである。

立春の風景が、煩悩即菩提を悟る機縁となったように、余念なき純粋な恋心も菩提の境地に至る方便となる、

という考えがあることは明らかであろう。煩悩即菩提、一念三千、中道といった天台の悟りを、分析的に和歌で表現するのではなく、和歌の伝統的風景、恋情そのものの中に、直感的にとらえ、それを歌で表現しようとしているのである。

六　浄土の風景を観る

天台において、煩悩即菩提の論理は浄土観にもに当てはめられる。娑婆即浄土、つまりこの現実の娑婆において永遠の浄土を感得することで、これを常寂光土《じょうじゃっこうど》という。「常寂光」は、四五番左注に「さらに常寂光の都にすむなり」というように寂然も用いている用語であった。こうした、煩悩がそのまま菩提であり、また娑婆がそのまま浄土であるとする思想は、天台本覚思想と呼ばれるが、その「本覚」は『法門百首』に次のように出てくる。

青青翠竹惣是法身

色かへぬもとの悟りをたづぬれば竹のみどりも浅からぬかな　（祝・四一）

一切の草木までみな仏性を備へたりといふこころなり。その中に竹のみどりは不反真如の色、眼の前にあらはれて、常住仏性の悟り心のうちにきざす。これ内薫の善知識なり。まことにわが友といふべし。浅からずと詠める、この心にや。もとの悟りといふは本覚の理なり。本覚すなはち法身なり。

常緑の竹は仏性を備え、それが現前しているといった歌。祝部の冒頭歌であるが、常緑の竹や松は、

色かへぬ松と竹との末の世をいづれ久しと君のみぞ見む　（拾遺集・賀・二七五・斎宮内侍）

のように、祝意を表すものとして和歌では詠まれてきたが、その「色かへぬ」竹の中に、現前する仏の姿を観ている。

こうした現前する景物に仏の世界を観るという方法の中、『法門百首』では、浄土の風景をどう描いているのだろうか。題の出典は『法華経』が圧倒的に多いことからも、まず多く登場するのが、釈迦の『法華経』説法の地、霊鷲山《りょうじゅせん》である。

梅檀香風

吹く風に花橘や匂ふらん昔おぼゆるけふの庭かな　（夏・一五）

霊山の苔のむしろに栴檀の香ばしき風にほひ満ちたりしかば、衆会みなよろこぶ心ありき。これ灯明の昔の瑞相にかはらずして、法花の序分をあらはすなり。香ばしき風といへるは、花橘の匂ひをやさそひけんと、昔を引けることばに思ひよそふるなるべし。

『法華経』序品、霊鷲山で釈迦は瑞相をあらわす。その時文殊は、過去に日月灯明仏が同じ瑞相をあらわして『法華経』を説いたことを思い出し、釈迦も再び『法華経』を説くことを予言する。歌は、吹く風に橘の花の香りがしたのだろうか、昔が思い出される今日の庭であるよ、と詠むが、これは、

五月まつ花橘の香をかげば昔の人の袖の香ぞする　（古今集・夏・一三九・よみ人しらず／伊勢物語・六〇段）

の心を踏まえて詠んだもの。つまり、霊鷲山に吹く風に花橘の香りが漂い、文殊は昔を思い出したのでは、というのだ。橘の香で昔の人を思い出すという古い物語の場面に、霊鷲山で日月灯明仏の瑞相を思い出す文殊の姿を写しとる。もう一例、

受持仏語作礼而去

ちりぢりに鷲の高嶺をおりぞゆく御法の花をいへづとにして　（別・五九）

法華八年の説をはりて、自界他方の衆、各別れ去りし時の事なり。

これは、『法華経』勧発品、釈迦の説法が終わり、聴衆たちが一礼して霊鷲山を降りる場面。この歌は、

山の桜を見て詠める

見てのみや人にかたらむ桜花手ごとに折りていへづとにせむ　（古今集・春上・五五・素性法師）

を下敷きとしている。人々が花見に山に登り、各々桜を折って山を下るという春の歌。そこに、『法華経』のラストシーンを観てとる。

さらに、極楽浄土を詠んだものを見てみよう。

是諸衆鳥和雅音

鶯の初音のみかは宿からにみななつかしき鳥の声かな　（春・二）

経に舎利といへるは鶯なりとふるき人しるしおけり。極楽にも鶯はあるにこそ。春のはじめききそめたる曙の声などは、これになくだに身にしみてあはれなるを、ましていろいろの光かがやく玉のみぎりに、にほひみちたる花の木ずゑに、伝ひつつ鳴くらん声、大慈悲の室のあたりなれば、いかばかりなつかしからん。かの国のくせにて、さまざまの鳥みなたへなる法をさへづりて人の心をすすむなれば、いづれも鶯におとらじとなるべし。文に和雅といへるは、たへにやはらかなる声といふ心にや。

題は『阿弥陀経』の句。「この諸もろの鳥、昼夜六時に、和雅の音を出す。」とある箇所からの抄出で、極楽浄土の風景描写の場面である。

歌は、鶯の初音のみではない、ここは極楽浄土の宿であるから、様々の鳥の慕わしい声を聞くことができるといったもの。極楽浄土という超越的世界でありながら、そこにはこの現実世界でもっとも美しい声を奏でる鶯がいる。左注では、この世での春の曙の初音はこの上ないものだという。この表現は、

鶯の初音や何の色ならん聞けば身にしむ春の曙　（袋草紙・上・七一・孝善）

を踏まえたもので、こうした最上級の鶯を彷彿とさせながら、その鶯が極楽で鳴くとしたらどんなにすばらしいものだろうかと想像させる。つまり、ここでの極楽の風景は、この現実世界と隔絶された世界ではなく、和歌の中で詠まれてきた鶯の初音の風景の中に見出された風景となっているのだ。

こうした手法は、『法門百首』とほぼ同時期に成立した、俊成の「極楽六時讃歌」（保元元〈一一五六〉年以降）においても見られる。(8)

今ぞこれ入日を見ても思ひこし弥陀の御国の夕暮の空　（新古今集・釈教・一九六七）

いにしへの尾上の鐘に似たるかな岸打つ波の暁の声　（同・一九六八）

『新古今集』に入った二首であるが、極楽浄土の夕暮の空、静寂なる暁に、鐘の音と岸を打つ波の音が響く風景。これらは、伝統的な和歌的美の世界の中にとらえた極楽の風景である。『法門百首』の試みは、こうした俊成の釈教歌の試みと同じ志向を持つものであることに注意しておきたい。

その極楽浄土の主、阿弥陀は次のように登場する。

音に聞く君がりいつか生の松待つらんものを心づくしに　（恋・六五）

聞名欲往生

弥陀の願の力、名を聞て往生せんと思ふは、皆かの国にいたりて、おのづから不退転を得といふ文なり。弥陀の解脱の袖を濡らしつつ待ちかねて、いかに心もとなくおぼしめすらん。里をばかれずと思ひ知らむ人は、急ぎて参らんと願ふべし。生の松は西の海の波路を隔ててありと聞けば、かの国に思ひよそふるにや。

これは恋部のもの。題は『無量寿経』の句で、その意は左注にある通り、阿弥陀の本願力は、その阿弥陀を聞いて往生しようと思えば、みな極楽往生できるということである。歌は、うわさにばかり聞くあなたの所にいつ行くことができるだろうか、遠く西の筑紫で心を尽くして待ちかねているというのに、という意。遠く西の筑紫の生の松で待ちかねている恋人に、衆生を西方浄土で待ちかねる阿弥陀の姿を重ねている。阿弥陀を慕う心は、まさに恋心そのものであるということだ。

このように、和歌的風景や恋情は、霊鷲山、極楽といった浄土の風景をも映し出し、娑婆即浄土を直感させるものであったのだ。

七　仏・菩薩・二乗の姿を観る

さらに『法門百首』を見ていくと、和歌的風景の中に、こうした浄土のみならず、二乗、菩薩、仏の姿を観ようとしたものも多い。簡潔に見ておく。

悲鳴呦咽痛恋本群
立ちはなれ小萩が原に鳴く鹿は道ふみまよふ友や恋しき（秋・二六）
鹿のひとり囲みのうちを出でて走れども、本の群をかへり見て悲しみ鳴くがごとく、支仏は自調自度の行を立てて生死を出づれども、猶衆生のまどひを悲しぶといへり。小乗の道を小萩が原によそへたるにや。

群れから離れた鹿に、小乗の道に迷う二乗の姿を観る。道に迷う鹿も、

そまがたに道やまどへるさを鹿の妻どふ声のしげくあるかな（堀河百首・鹿・七〇五・公実）

というように、和歌で詠まれてきたモチーフである。

唯除楊柳以其軟故

行く水にしたがふ岸の玉柳かけても波のいかがをるべき　（春・六）

大きなる川の水のもろもろの草木を折りやつせども、柳は水にしたがひてそこなはれず、生死の大水もろもろの凡夫を漂はし沈むれども、菩薩は大涅槃の心やはらかにして、生死に流転せずといふなり。

柳に菩薩の柔らかな心を観る。波にまかせて折られることのない柳も、

いなむしろ川ぞひ柳水ゆけば靡き起き伏しその根はうせず　（俊頼髄脳・二三五　他／日本書紀・八三・顕宗天皇）

あらし吹く岸の柳のいなむしろおりしく波に任せてぞ見る　（久安百首・春・六・崇徳院／新古今集・春上・七一）

と、伝統的な表現であった。

草木叢林随分受潤

下草もめぐみにけらし木の芽はる雨のうるひや大荒木の杜　（春・四）

草木をば人天二乗菩薩にたとふ。これを五乗といふ。一切衆生みな仏の道に入るを、如来の世に出で給へるまさしき心とせり。しかはあれど平等一味の雨、分くところなければ、菩薩の大樹にそそぐうるひ、おのづから人天の小草までその益を得るなり。大荒木の杜の雫にめぐみ出づる下草にも

思ひよそへつべし。

あまねく注ぐ春雨に、仏の慈悲の心を観る。春雨に仏の姿を重ねたものとして、俊成の「法華経二十八品歌」（康治年間〈一一四二〜一一四四〉の中の、

春雨はこのもかのもの草も木もわかずみどりに染むるなりけり（長秋詠藻・薬草喩品、無有彼此愛憎之心・四〇七）

があり、これから学んだものであろう。

八　おわりに

以上、天台宗の思想との関わりを中心に『法門百首』を見てきた。『法門百首』では、和歌は煩悩即菩提、娑婆即浄土を悟る縁となるものだという思想の中、伝統的に和歌が表現してきた現世の風景や人の心の中に、様々な仏の世界の様相を観ようとしている。それは、冒頭に引いた源信の説話のような無常ばかりではなく、止観禅定により澄んだ心において、浄土の風景、仏や菩薩の姿、究極的には天台の円教すなわち煩悩即菩提、一心三観の悟りの世界をもその中に直感しようとしたものであった。伝統的和歌表現というものが、そのままの形で様々な仏の世界を垣間見る仲立ちとなる。何も釈教歌を詠むということではなく、伝統的和歌の世界に没入することが、仏道を様々な角度から天台の奥義に至るまで、深く理解することにつながるという論理がここに成立してい

るのである。

仏教の側から言えば、仏教者が和歌に求めたのは、その教義の分析的理解ではなく、その直感的理解の助けとなるということではなかったか。特に、煩悩即菩提といったような天台の思想は、これまで見てきたように直感的理解を必要とする。そもそも『法門百首』の題の多くは、仏典の比喩表現の箇所の句であるが、仏典において比喩は、その教理を実感としてつかむための方便として重要な要素であった。そこに、和歌表現の世界を組み込む。そうすることによって、より自らの感性の中で仏の世界をとらえることができるようになるのである。その和歌の魅力に僧侶たちは引き込まれていったのだろう。

俊成が、「いま、歌の深き道も、空仮中の三躰に似たるによりて、通はして記し申すなり。」と言ったのは、こうした寂然の試み、あるいは、自らの「極楽六時讃歌」や「法華経二十八品歌」といった釈教歌での試みを背景に、伝統的和歌表現そのものが、天台の悟りの世界、浄土の世界を映し出すことが出来るものである、という確信のもとでの発言であると思われる。この時代の釈教歌は、伝統的和歌表現と仏の世界がいかにつながり得るのか、その試みの場としての役割を負っていたとも言えよう。

伝統的和歌表現が仏の世界、悟り、浄土を映し出すものならば、その伝統的な言葉を組み合わせながら、その中により美しい浄土を描こうとするのは必然であった。寂然、俊成の時代、その乱世の中、余情あふれる幽玄美の和歌が誕生するのは、こうした志向を背景にして考えなければならないのである。

注

（1）『本朝小序集』所収。引用は、『新訂増補国史大系』三〇「本朝文集」巻第五五により書き下した。

(2) 渡部泰明『中世和歌の生成』（若草書房、一九九九・一）第三章参照。

(3) 題の出典研究については、三角洋一「『法門百首』の法文題をめぐって」（『源氏物語と天台浄土教』若草書房、一九九六・一〇）及び山本章博『寂然法門百首全釈』（風間書房、二〇一〇・七）解説・題出典一覧参照。

(4) 『発心集』第五―四では、妻との死別の後、夫のその強い心のゆえ、妻が現実に姿を現わしたという澄憲が語った話を引用し、仏にも心を致せば会うことができると説く。これと恋部六六番・七〇番の歌と左注における、恋情から見仏を説く記述が通う。第三章第三節参照。

(5) 大正蔵一二・四八五a七。

(6) 以下、天台思想については、田村芳朗・梅原猛『絶対の真理〈天台〉』（角川文庫、一九九六・六）、菅野博史『一念三千とは何か』（レグルス文庫、一九九二・七）参照。

(7) この「澄む心」については、錦仁「和歌の思想―詠吟を視座として―」（院政期文化論集第一巻『権力と文化』森話社、二〇〇一・九）参照。そこでは、例えば「〈心澄む〉〈すまして見る〉は、自然美を発見しそれを歌に表現せしめる高い精神状態であり、そこにおいて仏教的観想が可能となる詩的境地なのであった。注意すべきは、そうして詠まれた歌によって現実世界が仏国土へ接続し一体化したものとして把握されるようになることだ。」という指摘がある。『法門百首』において、錦氏の言う「現実世界」とは、伝統的な和歌の表現世界であることに注意しておく必要がある。

(8) 藤原俊成の釈教歌の詠み方については、姫野希美「藤原俊成の法華経廿八品歌の詠法をめぐって」（『国文学研究』一〇四、一九九一・六）、同「藤原俊成の極楽六時讃歌の詠法をめぐって」（『早稲田大学大学院文学研究科紀要別冊』一九、一九九三・二）参照。

第三章　恋と仏道——寂然『法門百首』恋部を中心に

一　はじめに

寂然『法門百首』には恋部が設けられ、十首の法文歌が詠まれている。恋歌の表現によって法文の心を詠んだもので、恋の心情と法文の心との大胆なよそえが展開されている。恋歌を詠むことが罪業であるという観念がある一方で、積極的に恋と法文を結び付けたものとして思想的にも注目される。

文学作品の中での、恋、恩愛と仏道との関わりの問題に関しては、山本一氏が、慈円『拾玉集』の巻五巻末近くの「恋百首歌合（仮称）」の序または跋とされる散文に関する論の中で、和歌文学における恋と仏道の問題を平安末期まで遡り広く論じ、『法門百首』恋部にも触れられているが、その表現の問題にまでは立ち入っていない(1)。また、説話文学においても、後に触れる『発心集』の他に『撰集抄』でも大きな問題となっている(2)。ここでは『法門百首』恋部の表現を中心として、平安末期から鎌倉初頭にかけての恋と仏道の文学作品における表現の問題を整理し直してみたい。

二　恋と仏道の歌題の流行と『法門百首』

まずは平安末期から鎌倉初頭の和歌文学の中で、恋と仏道の関わりはどのような形で表れているのだろうか。歌林苑に関わる歌人の周辺で、「恋催道心」などという題による詠歌が流行している。これは『月詣和歌集』にまとまった形でみられ、そこでは、「恋妨菩提」という恋を否定的に罪業とみる方向の題がある一方で、「恋催無常」「依恋入菩提」「恋変道心」というように、恋を仏道へ入る契機としてとらえる方向のものがみられる。(3)

また、慈円の『拾玉集』巻五末尾近くの散文の中には、

恋の歌とてよめる事こそまことにうき世をはなれぬためしにはみな思ひなれたる事にて侍るめれど、思ひまなびて、さればこれによせてこそは厭離のこころをもをしへ欣求のこころをもあらはさむとて、もも歌にかぞへたしていそぢにつがひ侍りぬ。

とあり、慈円が恋の表現によせて厭離穢土、欣求浄土の心を百首歌合という形で詠んだことが知られるが、実際の作品は現存しない。これも、恋と仏道を積極的に結びつけたものと考えられよう。

また、百首歌の釈教部では、『殷富門院大輔百首』で、「寄法文恋」という題が出され、定家、家隆、公衡の作品が残る。(4)

さて、この中で特に、歌林苑を中心に流行した、恋を仏道へ入る契機とする発想を持つ歌と、『法門百首』の関連を考えてみたい。問題となるのは、『法門百首』恋部の次の一首である。

一向求菩提

入りがたき門とはきけど錦木を立つる心はただ一筋に　（六七）

難解難入之智恵の門に、初発心の錦木を立てて、如来の感応にあづからんことを待つ人の、余念あるべからざる心なり。

題の出典は『華厳経』「賢菩薩品」の「菩薩於生死、最初発心時、一向求菩提、堅固不可動」で、この箇所は『摩訶止観』一・上、『往生要集』大文四にも引用されている。最初発心時の一途な心構えが説かれた句である。その法文題を、なかなか心を開かない女に対し、一本のにしきぎを立て、一途に求婚する男の恋情によって表現した。

仏道と恋を関わらせて詠んだ歌でしばしば見出される表現が、この「錦木《にしきぎ》」である。『粟田口別当入道集』恋には、

恋阿弥陀仏といふこころを

錦木を千束立つるをかずとして南無阿弥陀仏と日々にとなふる　（一七九）

という一首がある。惟方は、二条天皇の近臣で、『法門百首』成立の時期にすでに和歌活動を開始しているが、後に『法門百首』題で詠んだ歌人の一人であり、仏道と関わらせた恋の歌はこの一例しかみえないことからも、

寂然の歌から影響を受けたものと考えるのが妥当であろう。これは、恋人のためににしきぎを幾度も立て続ける事と、念仏を何度も繰り返す行為を重ねたものである。やはり、先の『法門百首』歌と同様に、対象に一心に向かうことにおいて、仏道と恋が結びついている。

さらに、先にふれた『月詣和歌集』恋中には、

賀茂卅講五巻日、重保が家にて、恋変道心といふことを人人よみ侍りけるに

前大僧都澄憲

さりともと立てし錦木こりはててけふ大原に墨染の身ぞ　（四七七）

という、重保家で詠まれた澄憲の歌が見える。重保の和歌活動は、永万二（一一六六）年の『平経盛家歌合』以降に事績が見られるので、『法門百首』後の歌であると思われる。

また、同傾向の題のもと、『林葉集』には、

恋催道心

あぢきなしいざこりたつる錦木を法の為にとになひかへてん　（八八六）

という歌が見出せる。『林葉集』八一五番にも同題の歌があり、そこには「恋催道心同」と「同」という注記が付いている。これは、八一二番題の「歌林苑」とある注記と同じであることを示したもので、こうした傾向の題

が歌林苑を中心に広まったことを想定させるものである。歌林苑は、保元以降、ちょうど寂然の『法門百首』成立の頃に活動が始まっている。惟方、澄憲の歌と合わせて、この俊恵の「錦木」の歌も『法門百首』より後のものである可能性が高い。

こうして、寂然『法門百首』から、惟方、俊恵、澄憲へという、「錦木」を用いた仏道と恋の歌という表現の系譜が考えられるのであるが、俊恵、澄憲のものは、寂然、惟方のものとは違い、「錦木」を立てる、あるいは樵る行為を「はてて」「になひかへてん」というように仏道修行に至る前段階として一段低く見ている。つまり、「錦木」を樵り、立てる行為が出家への否定的契機としてとらえられていて、寂然、惟方のものとは逆の発想なのではないかという懸念が残る。しかし、ここでも「錦木をこる」行為は、一度否定的にとらえられるものの、やがて成仏に連なる行為として詠まれていると見なしてよいと思われる。

澄憲の、

さりともと立てし錦木こりはててけふ大原に墨染の身ぞ

の歌を分析してみよう。例えば、

こりつめてまきの炭やくけをぬるみ大原山の雪のむらぎえ　（後拾遺集・冬・四一四・和泉式部）

という歌があるが、これは、「大原」に、その典型的景物である「炭」と、その炭焼きをするための薪を「樵る」

ということが縁語として響いているもので、澄憲の歌にも同様の技法が認められよう。こうした技法を駆使して、「錦木をこる」という恋の行為から「墨染の身」になるという変化を詠んだものであるが、「錦木こりはてて」という表現は、

法華経をわがえし事はたき木こりなつみ水くみつかへてぞえし　（拾遺集・哀傷・一三四六・行基）

法のため担ふたき木にことよせてやがてうきよをこりぞはてぬる　（金葉集二・雑下・六三五・瞻西上人）

をはじめとした『法華経』「提婆達多品」の歌を意識していると思われるのである。「提婆達多品」では、釈迦は、自らが前世で王であった時に、その王位を捨て法のために阿私仙人に仕え、水を汲み、薪を拾いなどして精進し、その結果仏となることができたということが説かれる。つまり、ここで「錦木をこる」という行為に、その「たき木をこる」という仏の前世における精進の行為が、見立てられているのではないかということだ。

澄憲がこの歌を詠んだ「卅講五巻日」は「提婆達多品」の講釈の日であり、同日のものかは不明だが、重保も「卅講五巻日」に「提婆達多品」の、

賀茂卅講五巻日、人人重保が家にて、提婆品の心をよみ侍りけるに
ちとせまでむすびしのりの谷水をけふみたらしにときながすかな　（月詣和歌集・釈教・一〇五三）

という歌を残している。このように、その日に講釈された「提婆達多品」にちなんだ詠み方をすることがあった

ことが分かり、また『唯心房集』の、

したしき人の八講おこなひける五巻の日のささげものに、たき木のかたをしてやるとてかきつけける

のりのためむかしこりけるみやまぎのあとをたづねてひろひつるかな　（一五五）

のように、この「たき木」が「提婆達多品」の講釈を象徴するものとして特に重要であったこともうかがわせる。

また、「たき木」を「錦木」に見立てることも、『拾玉集』の慈円と寂蓮との贈答、

其後同じ人のもとへ薪つかはすとて

君がためとしふりにけるかたをかの山路にひろふたきぎ《つまぎ》とをしれ　（五一八二）

返し　寂蓮

錦木のちつかもことのかずならでたちたるすぢはこれぞみえたる　（五一八三）

によっても例が見出せる。

とすれば、この澄憲の歌の、「錦木」を樵り立てる恋の行為は、やがて仏道を求める心情に昇華されるべきものとしてとらえられていると言えよう。『法門百首』での、「錦木」を立てる心情と仏道を求める心情とを重ねて表現していく発想がここでも生きているのである。

こうした例をみると、法文題を詠むことと、「恋変道心」などという歌題を詠むことには違いがあるものの、先の俊恵の歌を含め、その他の恋を昇華し仏道へと変化させていくという発想の歌の出現の背景には、寂然『法門百首』恋部の試みがあったと考えられるのである。

三　『法門百首』と『発心集』

さて、次に説話文学へと広げ、『法門百首』と『発心集』との関係を考えたい。(5) まず、問題となる『法門百首』恋部の作品を分析しておく。『法華経』「寿量品」から題を採った六四、六六、七〇番の三首がある。いずれも、「寿量品」の中核をなす、「方便現涅槃」の思想が明らかにされる場面からのもので、この場面と恋の表現とが密接に関わっていたことが知られる。仏は衆生の怠心をふせぐために仮に涅槃に入るのであるが、その衆生の仏を思う心を恋の心情によって表現したものだ。このうちの二首を引用しておく。

不自惜身命

かりそめの色のゆかりの恋にだにあふには身をも惜しみやはせし　（六六）

一心に仏を見んと思ひて、身命を惜しまざれば、釈迦仏行者に見ゆべしとおほせらるる文なり。如来の色身を見んと願はんもの、妄想の色にふけりし心に劣らんやは。

この六六番は、はかない存在である恋人に対して身を捨てるような一途さを持てるのであるから、ましてや真実の仏に対して身を捨てるべきだという論理で、仏を一心に求める心を勧めたもの。

心懐恋慕渇仰於仏

わかれにしその俤の恋しきに夢にも見えよ山の端の月　（七〇）

もとの雫となりぬる人の、あかぬ別れを思ふに、情けありし言の葉心にとどまりて、いよいよ袂の露をそへ、あざやかなりし姿はまなこに浮かびて、寝覚めの友とならずやはある。まして如来在世の昔を思ひやれば、三十二相の姿見るもの厭ふことなく、四弁八音の御法聞くともあくべからず。しかるに機縁薪尽きて、双林の煙とのぼらせ給ひにしかば、たれの人か恋慕渇仰の思ひに沈まざらん。いま末法に流れをうけて、遠く妙道に潤ふともがらなりとも、慈悲の姿に心をかけて、寝られぬ寝をも嘆かば、生死の夢のうちになどか満月の尊容を見たてまつらざらん。かるがゆゑに文にいはく、一心欲見仏、不自惜身命、時我及衆僧、倶出霊鷲山といへるは、ひとへに中天雲井のみにあらじ。機感時いたりなば、わが心中道の山にも現れ給ひなん。

七〇番は、恋人との別れの歌であるが、左注に「もとのしづくとなりぬる人」とあるように死別の場面を想定している。恋しさ故に生前の言葉、その姿がありありと蘇る。そうした心情から仮に涅槃に入った仏を恋慕する心情を説いている。

この「方便現涅槃」を歌に詠む際には、月の出入りの情趣によって詠まれるのが、それまでの一般的な詠み方であった。「方便現涅槃」の和歌で後代に決定的な方向を与えたのは次の公任の一首である。

寿量品

出で入ると人はみれどもよとともにわしのみねなる月はのどけし　（公任集・二七五）

この歌は、『栄花物語』（巻十五「うたがひ」）にも「皆経の心を読ませたまふに、四条大納言の御歌の、なかに世に伝はり興を留めたり。」として引かれたものである。仏の入涅槃は方便であって、実際は永遠に霊鷲山で生き続けているという事を、月の出入り、巡りに譬えて詠んだものである。以後このモチーフの歌が流行する。

月の譬えを用いた点では、七〇番はこれらを学んでいるのであるが、さらにその月に譬えられた仏を求める心のあり方に焦点をあて、恋の心情によって具体化したのである。このように、『法門百首』恋部は、「方便現涅槃」の思想と恋歌の表現をまとまった形で結びつけた新しい試みであった。

『法門百首』以降になると、他の歌人にも先の公任歌を受け継いだ歌風によるものでなく、恋の心情によるものが見出せるようになる。例えば八条院高倉の、

廿八品歌よみ侍りけるに、寿量品

身をすてて恋ひぬ心ぞうかりけるいはにもおふる松はある世に　（新勅撰集・釈教・六〇三）

がある。(6) これは、「身をすてて」とあることから、『法門百首』六六番題に見られた、寿量品の「不自惜身命」の句を念頭に置いていると思われる。この下の句は、『古今集』恋一、よみ人しらずの、

たねしあればいはにも松はおひにけり恋をしこひばあはざらめやは　（五一二）

を踏まえ、一心に仏を恋うことのない自分を、古歌の激しい恋の思いに比して嘆いているのである。これも恋の心情と仏への希求の心情を同次元に置いたものとして関連づけられよう。また、殷富門院大輔の、

心懐恋慕の心をよめる
思ひねの夢にもなどかみえざらんあかでいりにし山のはの月　（月詣和歌集・釈教・一〇六三）

は、先の『法門百首』七〇番からの影響を直接受けていると思われる。同題であり、また「思ひねの夢にも」と恋の思いに沈む夜の夢に、仏を譬えた「やまのはの月」を見たいとする歌の内容、形が類似している。

こうして『法門百首』を中心に、「方便現涅槃」の思想を恋歌の表現によって詠むことが広まっていたことがうかがえるのであるが、このことから、『発心集』第五―四の「亡妻の現身、夫の家に帰り来たる事」を見直してみよう。この一話は、『発心集』の中でも仏道の立場から恩愛を肯定的にとらえたものとして注目されている

ものである。(7)

中ごろ、片田舎に男ありけり。年ごろ志深くてあひ具したりける妻、子を生みて後、重く煩ひければ、夫そひゐてあつかひけり。限りなりける時、髪の暑げに乱れたりけるを、結ひ付けんとてかたはらに文のありけるを、片端を引き破りてなん結びたりける。

かくて、ほどなく息絶えにければ、泣く泣くとかくの沙汰などして、はかなく雲烟となしつ。その後、跡のわざ懇ろにいとなむにつけて、なぐさむ方もなく恋しく、わりなく覚ゆること尽きせず。「いかで今一度、ありしながらの姿を見ん」と涙にむせびつつ明し暮すあひだに、ある時、夜いたう更けて、この女、寝所へ来たりぬ。夢かと思へど、さすがに現なり。うれしさに、まづ涙こぼれて、「さても、命尽きて生を隔てつるにはあらずや。いかにして来たり給へるぞ」と問ふ。「しかなり。うつつにてかやうに帰り来ることは、ことわりもなく、例も聞かず。されど、今一度見まほしく覚えたるこころざしの深きによりて、ありがたきことをわりなくして来たれるなり」。そのほかの心の中、書きつくすべからず。枕を交はすこと、ありし世につゆかはらず。

暁起きて、出でさまに物を落としたるけしきにて、寝所をここかしこさぐり求むれど、何とも思ひ分かず。明けはてて後、跡を見るに、元結一つ落ちたり。取りてこまかに見れば、限りなりし時、髪結ひたりし反故の破れにつゆもかはらず。この元結は、さながら焼きはふりて、きとあるべきゆゑもなし。いとあやしく覚えて、ありし破り残しの文のありけるに継ぎて見るに、いささかもたがはず。その破れにてぞありける。「これは、近き世の不思議なり。さらにうきたることにあらず」とて、澄憲法師の人に語られ侍りしなり。

昔、小野篁の妹の失せて後、夜な夜なうつつに来たりけるは、ものいふ声ばかりして、さだかには手にさはるものなかりけるとぞ。

おほかた、こころざし深くなるによりて不思議をあらはすこと、これらにて知りぬべし。凡夫の愚かなるだにしかり。いはんや、仏菩薩の類は、「心をいたして見んと願はば、その人の前にあらはれん」と誓ひ給へり。これを聞きながら、行ひ顕はして見奉らぬは、我が心のとがなり。妻子を恋ふるが如く恋ひ奉り、名利を思ふが如く行はば、顕はれ給はんことかたからず。心をいたすこともなくて、「世の末なればありがたし」、「拙き身なれば、かなはじ」など思ひて退心をおこすは、ただ志の浅きよりおこることなり。（以下略）

妻を亡くした夫のその悲しみ、妻を思う心の深さ故に、亡き妻がその姿を現したという澄憲の語った話に、長明が仏への恋慕を勧める評語を付したものである。

まず、末尾の長明の評語の傍線を付した部分の、

凡夫の愚かなるだにしかり。いはんや、仏菩薩の類は、「心をいたして見んと願はば、その人の前にあらはれん」と誓ひ給へり。

という表現と、先にあげた『法門百首』六六番の左注の、

一心に仏を見んと思ひて、身命を惜しまざれば、釈迦仏行者に見ゆべしとおほせらるる文なり。如来の色身

を見んと願はんもの、妄想の色にふけりし心に劣らんやは。

という表現が酷似していることに気づく。『法門百首』左注の引用部分の前半の記述は、『法華経』「寿量品」の「一心欲見佛、不自惜身命、時我及衆僧、倶出霊鷲山」を踏まえている。これは『法門百首』七〇番左注にも引かれているのであるが、『発心集』のこの部分も、やはり同じように「寿量品」のこの文句を踏まえていると考えられるであろう。(8) また、「凡夫、恋人ですら〜、ましてや仏に対しては〜」という論理も類似している。

となると、澄憲の話も、この「寿量品」をふまえた上で、仏への恋慕を勧めるためのものであったと思われてくる。先にあげた『法門百首』七〇番左注と、澄憲の話を見比べてみる。『法門百首』の、恋人と死別しその姿を眼に浮かべるという状況設定から、仮に涅槃に入った仏の出現、所謂「見仏」を説くという話の展開は、実際に姿を現すかどうかという点で違いはあるものの、澄憲の話から長明の話末評語への流れと類似するのである。

澄憲の活動時期を見てみると、仁平二（一一五二）年六月に、堅義の題者となっているが、平治の乱により配流され澄憲が名声を得ていくのは帰京後のことであった。(9) ということになると、澄憲の話が『法門百首』に影響を与えたという方向は考えにくい。こうした「方便現涅槃」の思想を恋の表現により詠みこなし、さらに恋の心情から仏への恋慕をすすめるという『法門百首』の延長線上に、澄憲の話、長明の評語があるのではないか。

四　寂然と澄憲

以上、和歌文学の中で恋と仏道の関わりを詠むことの流行、特に恋情を昇華して仏道へ至るという発想の形成、そして『発心集』における恋、恩愛の肯定論の形成の背景に、『法門百首』恋部の表現を考えたのである。

ここで、いづれにも関わっていた澄憲に注目したい。安居院《あぐい》流唱導において、女性あるいは恩愛に対して肯定的な論が散見されることは、すでに指摘されている所であるが、(10)寂然と澄憲の直接の関わりを示すものとして、

大原にて、澄憲僧都の説経しけるをききて、申遣しける
きく人のころもにたまもかかるまでなみだこぼれしのりのにはかな　（寂然法師集・八二）

の一首があり、寂然は澄憲の説教を直接耳にしたことがあった。また、山本一氏は、「仏教的恋歌」の系譜の思想的背景に、澄憲の『和歌政所一品経供養表白』をあげられ、(11)貴志正造氏は、『発心集』の恩愛肯定論の背景にやはり、安居院流唱導を想定している。(12)このように、安居院流唱導から和歌、説話文学へという方向が考えられてきたが、少なくとも、「錦木」の歌、「方便現涅槃」と恋を関わらせた表現においては、『法門百首』から澄憲へという表現の影響関係が想定しえた。

もう一例、寂然から澄憲への関係を示すものをあげておこう。仁安元（一一六六）年の『和歌政所一品経供養表白』の狂言綺語観の中心となる句、

伝へ聞く、麁言及び軟語、皆第一義諦の風に帰し、治世語言、併ながら実相真如の理に背かず。

は、『涅槃経』二〇の「麁言及び軟語、皆第一義に帰す。」と『法華経』「法師功徳品」の「諸の所説の法は、その

義趣に随って皆、実相と相い違背せざらん。若し俗間の経書治世の語言、資生の業等を説かば、皆正法に順わん。」を取り合わせた句である。一方、『法門百首』百番の左注には、

麁言耎語みな第一義に帰して、一法としても実相の理に背くべからず。

とあり、やはり、二つの取り合わせの表現と思われる。

また、この類の文句は、同時代にも広くみられる。『今鏡』第一〇・三七三には、

もののの心をわきまへ、悟りの道に向ひて、仏の御法を広むる種として、あらきことばも、なよびたることばも、第一義とかにもかへし入れむは、仏の御こころざしなるべし。

あるいは、『梁塵秘抄』巻第二の、

狂言綺語の誤ちは　仏を讃むるを種として　麁き言葉も如何なるも　第一義とかにぞ帰るなる　（二二二）

この二つの記述は『涅槃経』のみを踏まえたものである。これらと比べれば、寂然と澄憲の二つの表現の近さは際立ち、第一章で述べたように、寂然『法門百首』の成立の下限が崇徳院崩御の長寛二（一一六四）年で、すでに左注が完備されていたとすれば、寂然の記述が澄憲に先行するのである。澄憲が、むしろこうした和歌文学で

生成された表現、思想を多分に利用した側面を考えるべきなのではないだろうか。

五　明恵『四座講式』との関わり

榎克朗氏に「明恵上人「四座講式」―想仏恋の文学―」という論文がある。(13) 明恵の『四座講式』は、「涅槃講式」「羅漢講式」「遺跡講式」「舎利講式」の総称で、建保三（一二一五）年に成立している。特に「涅槃講式」と「遺跡講式」に「恋」の文字が頻出することを指摘し、次のようにその性格を捉える。

　四座講式は、時と所とを遥かに隔てて相見るすべもない釈迦牟尼とその遺跡に寄せる恋慕・悲嘆・渇仰の真情を、漢文訓読体の切々たる調べでうたい上げた珠玉の抒情詩である。日本文学史上、世俗男女の愛恋を詠じた作品は正に稲麻竹葦のごとくであるが、そういった「想夫恋」や「想婦恋」でなく、いわば「想仏恋」を主題とするようなものは、それこそ暁天の星に等しい。

入滅した釈迦を恋慕するというのは、「涅槃講式」において「恋慕渇仰」とある箇所が多いことからも、『法華経』寿量品、先の『法門百首』七〇番題でもあった「心懐恋慕渇仰於仏」を元とするものである。しかし、例えば「遺跡講式」の、

　悲哉我等、非三唯漏二於在世説法之衆会一、亦絶二望於滅後遺跡之拝見一、春日思閑而歎息擁レ胸、秋夜眠覚以

> 悲涙灑レ面、如二彼法顕智猛智厳法勇等一、悲レ之如レ悲二乎病患一、恋レ之過二乎男女之恋一、遂則捨レ身以尋二遺跡一、軽レ生以訪二経論一。[14]

のような記述は、『法華経』寿量品からのみでは発想しえないものである。春日の嘆き、秋夜の寝覚めの涙というような和歌的な叙情をたたえながら、男女の恋を越える仏への恋慕の情を促す展開は、先の『法門百首』七〇番左注、『発心集』第五―四と同じ論法である。

また、榎氏は『四座講式』における仏から人への「哀恋」に注目する。例えば、「遺跡講式」の、

> 大衆溺レ涙、侍二衛前後一、如来変二紫金面一示二哀恋粧一

は、入涅槃に際して、大衆が涙を流すとともに、仏も哀恋の表情を浮かべたというものであるが、これらに対し、

> 人が仏を恋うるのはまだしも人情の帰趨であろうが、仏が人を恋うるというに至っては尋常の沙汰ではない。

とその特殊性を強調する。さらに、

> 人と仏との間にその「恋」が成立したこと、実にこれこそ明恵上人によって開示された破天荒の奥義であったのだ。

と結論付けるのである。しかし、仏と人との双方の恋情という点では、『法門百首』恋部の六五番に先例が見られる。

聞名欲往生

音に聞く君がりいつか生の松待つらんものを心づくしに

これは、噂にばかり聞く君、つまり阿弥陀が西方浄土で衆生を待ちわびていると詠んだもので、左注には、

弥陀の解脱の袖を濡らしつつ待ちかねて、いかに心もとなくおぼしめすらん。里をばかれずと思ひ知らむ人は、急ぎて参らんと願ふべし。

ともあるように、阿弥陀が往生する人を待つ心を、恋心によって表現したものである。こうした発想にはやはり『法門百首』恋部という源があるのである。この明恵の『四座講式』も、『法門百首』恋部からの流れの中に位置づけたい。

六　おわりに

和歌や説話と仏教の問題においては、たとえば天台本覚論と呼ばれるような日本的な仏教思想が、文学に影響を与えたという方向では多く論じられてきた。『法門百首』において、法文と恋が結びつくというのも、そうした思想の影響であるという方向である。しかし、逆に法文を取り込んで生成された和歌文学の表現から、日本仏教独特の思想が形成されていく、ここではそうした側面を考えてきた。『法門百首』は、前章までに明らかにしたように、伝統的和歌表現の総体によって仏典を表現しようとしたものである。その時に、和歌の根幹である恋を捨てることはなかった。恋を重んじる和歌の伝統があったからこそ、恋と仏道は反発し合うだけではなく、結び付いていくことになったのである。

注

（1）山本一『慈円の和歌と思想』（和泉書院、一九九九・一）第十二章Ⅱ「恋百首歌合（仮称）」。

（2）山口眞琴『西行説話文学論』（笠間書院、二〇〇九・八）第三部第二章「恋情と結縁」。

（3）『月詣和歌集』巻五、恋中、四七三番～四八一番歌。その他同傾向の歌についても注（1）論文に主なものがあげられているが、その他管見に入ったものを集成しておく。

『千載集』恋二

恋為後世妨といへるこころをよめる　藤原家基

こえやらで恋ぢにまよふあふ坂や世を出ではてぬせきとなるらん（七五二）

『重家集』

恋為後世妨

あさましやまことのみちもわすられぬきみがつらさはこの世のみかは（二七一）

松屋本『山家集』上・恋

恋によりて後の世を思ふといふことを人人よみけるに
物おもふ涙を玉にみがきかへてころものそでにかけてつつまん
『有房集』
きよみづの歌あはせに、恋によて世をのがるといふことを
しるらめやこひゆゑいづるいへなればのちのよとてもたのみなしとは（二九〇）
恋によりて西方をのぞむ
こひくさのつゆのいのちのはかなさをはすのうてなにうつしてしかな（四四四）

（4）これは『法華経』から題をとった法文歌である。殷富門院大輔の作品の中で『法門百首』を学んだ形跡がみられる歌として、次の第三節で『月詣和歌集』一〇六三番歌をあげたが、その他、
ほふもん
かずならぬうきみづぐきのあとまでもみのりのうみにいるぞうれしき（殷富門院大輔集・二三五）
も、『法門百首』、
水流趣海法爾無停
さまざまの流れあつまる海しあればただには消えじみづぐきの跡（雑・一〇〇）
を学んだものと思われる。

（5）『法門百首』と長明の関わりについては、山田昭全「鴨長明の秘密（下）」（『大法輪』四四・一〇、一九七七・一二）、木下華子『鴨長明研究―表現の基層へ―』（勉誠出版、二〇一五・三）。

（6）八条院高倉は、この章でしばしばふれる澄憲の娘であり、こうした作品が残るのは興味深い。

（7）『発心集』における恩愛と往生をめぐる問題を扱った主な論文に、廣田哲通「愛することと往生をとげること―発心集第四九話成立の論理と背景―」（『女子大文学』国文篇、二八、一九七七・三）、浅見和彦「発心集―長明の恩愛―」（『説話集の世界Ⅱ―中世―』勉誠社、一九九三・四）。

（8）異本『発心集』（神宮文庫蔵写本）では、この引用部分の後、「是のあり難き御誓の御法を聞きながら」と続く。この「御法」も、具体的には「寿量品」を指すと思われる。

（9）澄憲の活動に関しては山岸徳平「澄憲とその作品―作文集を中心として―」（山岸徳平著作集I『日本漢文学研究』有精堂、一九七二・五）。
（10）貴志正造「『神道集』の唱導性」（『二松学舎大学論集』一九七三・三）。
（11）注（1）論文。
（12）鑑賞日本古典文学第23巻『中世説話集』（角川書店、一九七七・五）貴志正造「発心集」本文鑑賞。
（13）榎克朗「明恵上人「四座講式」―想仏恋の文学―」（『大阪教育大学紀要』一六、一九六七・九）。
（14）『四座講式』の引用は、『金田一春彦著作集』第五巻「四座講式の研究」（玉川大学出版部、二〇〇五・九）付録一「元禄版による〈四座講式〉の本文」に拠る。

第二部

西行

第四章　『聞書集』「法華経二十八品歌」の詠法をめぐって

一　研究史

西行『聞書集』の「法華経二十八品歌」は、釈教歌の中でも比較的研究されてきた作品であるが、いまだ多くの問題が残る。その一つは成立年についてである。西行がまだ出家まもない康治年間の俊成の「法華経二十八品歌」と同時期のものであるというのが定説であった(1)。それは、俊成の二十八品歌が、西行とも関わりの深かった待賢門院が出家した折りの結縁歌であること、また、『法華経』二十八品の歌に続き、『無量義経』『普賢経』『心経』『阿弥陀経』の歌を各一首並べるという構成が一致するからである。しかし、山田昭全氏は、和歌の表現が『大日経疏』を踏まえているとの見解から、西行の晩年の作であると見ている(2)。また、宇津木言行氏も「『聞書集』の二十八品歌は、歌題句の選択や詠歌方法から見て表現の達成度が高いと目され、『山家集』以降の晩年の作品と捉えた方がよいと考える(3)。」との見解を出している。歌の表現からこの成立の問題にどこまで迫れるかがまず問題となる。

その表現の特質についても様々な言及があるが、なかなか捉えどころの難しい作品である。久保田淳氏は、俊成の二十八品歌と比較して、「「心」という語の用いられることが多く」、「人の心の在り方を問題にしがちな西行」、「「おもひ」「わがなげき」を正面から取り上げたものがある」、「西行の精神的、求道的傾向を認めることは見当違いではない」、「客観的な事象の描出に終ることなく」、「「ゆたかにながすすゑをとほさむ」と、強い意志を持った表現を敢えてした西行」、「注目されるのは、本文や本説を有すると考えられる作品が二、三見出されることである。[4]」などと指摘し、山田昭全氏は、「西行は法華経各品の歌題句を前にして、多くの場合これを彼自身に直接かかわる問題として受けとめている。言わば、経文に説くところを実践し、体験化してゆこうとする姿勢が顕著である。」、「しかし何のことわりもなしにいきなり特殊な典拠を持ち出すのはあまりにも強引すぎる。」、「和歌的伝統を無視した詠み口」、「法華経の解釈としてはやはり破天荒」などとその特徴を捉える。[5]また、錦仁氏は、「西行の二十八品歌、のみならず西行の経文・経旨を詠んだ歌が、それまでのだれの歌よりも純粋な叙景性を獲得して稀有な達成を遂げている」と、その叙景性の達成度を評価する。[6]

これらを整理すると、

①主体的に経文題を捉え詠むものが多い。

②特殊な本文・本説・典拠を有するものがある。

③経文題と和歌の表現の結びつきが分かりにくい。（これが破天荒などと評されるが、叙景性が高いことの裏返しでもある。）

と大きく三点にまとめられる。ここでは、改めて和歌の表現を検討し、その特徴を捉え直し、また関連する作品との比較を通じながら、成立の問題にまで及びたい。

二　花と月と山と海と

叙景性が高いという指摘の通り、この二十八品歌は様々な景物に寄せて詠まれている。『法門百首』のように部立てに整理しているわけではないが、その中でも多く詠み込まれているのが、「花」と「月」である。これらが柱となっていると捉えてよいだろう。

「花」を詠んだものは以下の七首である。

序品　曼殊沙華、栴檀香風

①つぼむよりなべてにもにぬ花なればこずゑにかねてかをるはるかぜ　（聞書集・一）

信解品　是時窮子、聞父此言、即大歓喜、得未曾有

②よしの山うれしかりけるしるべかなさらではおくの花を見ましや　（同・四）

授記品　於未来世、咸得成仏

③おそざくら見るべかりけるちぎりあれや花のさかりはすぎにけれども　（同・六）

薬王品　容顔甚奇妙、光明照十方

④花をわくるみねのあさひのかげはやがてありあけの月をみがくなりけり　（同・二四）

同品に　能伏災風火、普明照世間

⑤ふかき根のそこにこもれる花ありといひひらかずは知らでやままし　（同・二七）

普賢経

⑥花にのるさとりをよもにちらしてや人の心にかをばしむらん　（同・三二）

　心経

⑦花の色に心をそめぬこの春やまことの法のみはむすぶべき　（同・三三）

阿部泰郎氏が、②の歌の考察から、「吉野山の奥の花は、法の花の奥義に譬えられ、分け入って花に逢う悦びは、みちびかれて妙法に遇う歓喜に重ねられる。」と述べられたように、[7]「花」は、仏法の真理の象徴として、また①⑥のように『法華経』の比喩として詠まれている。

また、「月」を詠んだものは次の七首。

　方便品　諸仏世尊、唯以一大事因縁故、出現於世

①あまのはらくもふきはらふかぜなくはいでややまむ山のはの月　（聞書集・二）

　化城喩品　同品文に　第十六我釈迦牟尼仏、於娑婆国中、成阿耨多羅三藐三菩提

②おもひあれやもちにひとよのかげそへてわしのみやまに月のいりける　（同・八）

　宝塔品　是名持戒、行頭陀者、則為疾得、无上仏道

③かいなくてうかぶよもなきみならまし月のみふねののりなかりせば　（同・一二）

　安楽行品　深入禅定、見十方仏

④ふかき山に心の月しすみぬれば鏡によものさとりをぞみる　（同・一五）

　寿量品　得入无上道、速成就仏身

⑤わけいりしゆきのみ山のつもりにはいちしるかりしありあけの月　（同・一七）

　薬王品　容顔甚奇妙、光明照十方

⑥花をわくるみねのあさひのかげはやがてありあけの月をみがくなりけり　（同・二四）

　妙音品　正使和合百千万月、其面貌端正

⑦我が心さやけきかげにすむものをあるよの月をひとつみるだに　（同・二五）

①②③⑥の「月」は仏の姿・容顔の比喩であり、④⑤は成仏の象徴である。こうして「花」と「月」を柱としながら、全体の基礎にあるのは、「深山」のイメージである。それは特に次のような歌から喚起される。

　信解品　是時窮子、聞父此言、即大歓喜、得未曾有

よしの山うれしかりけるしるべかなさらではおくの花を見ましや　（聞書集・四）

　嘱累品　仏師智慧、如来智慧、自然智慧

さまざまにきそのかけぢをつたひいりておくをしりつつかへる山人　（同・二三）

　弟子品　内秘菩薩行、外現是声聞

いはせきてこけきる水はふかけれどくまぬ人にはしられざりけり　（同・九）

　涌出品　我於伽耶城、菩提樹下坐、得成最正覚、転无上法輪

夏山のこかげだにこそすずしきを岩のたたみのさとりいかにぞ　（同・一六）

不軽品　億億万劫、至不可議、時乃得聞、是法華経
よろづ世を衣の岩にたたみあげてありがたくてぞ法は聞きける　（同・二一）
無量義経
このの りの心はそまのをのなれやかたきさとりのふしわられけり　（同・三一）

吉野の奥、木曽の懸路、川の急流、重なり合う岩というように、山岳修行者らしい観点が顕著に見られる。

一方、「海」をモチーフとするものも、

宝塔品　是名持戒、行頭陀者、則為疾得、无上仏道
かいなくてうかぶよもなきみならまし月のみふねののりなかりせば　（聞書集・一二）
勧持品　我不愛身命、但惜无上道
根をはなれつながぬ舟を思ひしればのりえむことぞうれしかるべき　（同・一四）
普門品　弘誓深如海、歴劫不思議
おしてるやふかきちかひの大網に引かれむことのたのもしきかな　（同・二六）

と見出される。「船」や「網」は救いの象徴である。続く「十題十首」でも、海四首、花二首、述懐四首という構成になっていて、また、次章で見るように西行の海への関心は並々ならぬものがあり、それらにつながるものであろう。

以上、この二十八品歌は、寂然『法門百首』のように部立てに整理されているわけではないが、花・月・山・海に仏の世界を観るという、大きな方向性が確認できる。

三　冒頭序品歌の読解

さてここから、成立の問題、詠法の特徴の問題を考えるにあたり、冒頭の一番歌の分析からその突破口を開いてみたい。

序品　曼殊沙華、栴檀香風

つぼむよりなべてにもにぬ花なればこずゑにかねてかをるはるかぜ　（聞書集・一）

題は、序品「曼陀羅、曼殊沙華を雨らし、栴檀の香風は、衆の心を悦可す。」（上・二四）とある箇所で、これは釈迦（仏）が無量義処三昧に入った後に現れた奇瑞である。仏が『法華経』を説く前兆として、曼陀羅、曼殊沙華が降り注ぎ、栴檀の香風が吹いた。

歌は、蕾から無類の花であるから、その蕾のついた梢には、春風がすでに吹いている、と詠みながら、『法華経』は、まだ説かれていないけれども、無比な教えであるから、それを知ってすでに栴檀の香風が吹く、ということを表している。つまり、蕾のついた梢に吹く春風を、これから説かれようとする『法華経』の前兆として吹く栴檀の香風に見立てた歌である。題と歌の関係で言えば、もっぱら「栴檀香風」からイメージされた歌であり、「花」

は『法華経』の喩であって、題の「曼殊沙華」とは無縁である。

さて、西行は別時にこの場面を詠んでいて、それは『山家集』に二首見られる。

序品

ちりまがふ花のにほひをさきだてて光を法のむしろにぞしく　（八七七）

この「ちりまがふ花」は、題の「曼殊沙華」であり、「光を法のむしろにぞしく」というのは、曼殊沙華が降ったのに続いて現れた仏が眉間から光を放つという奇瑞のことである。この歌は、こうした『法華経』の場面に沿って詠んだものだ。

また、もう一首、

花の香をつらなるそでにふきしめてさとれと風のちらすなりけり　（八七八）

この「花の香」も「曼殊沙華　栴檀香風」を凝縮させた表現で、さらに「つらなるそでにふきしめて」とあるのは「栴檀香風」に続く句「衆の心を悦可す。」から発想されたもの。

この二首は、『法華経』の場面に沿った歌であり、大きく逸脱したものではない。一方、『聞書集』のものは、「栴檀香風」の一句から「春風」を連想し、そこから「花の蕾の梢」と初春の歌に仕立て上げた。つまり、

めぐむよりけしきことなる花なればかねても枝のなつかしきかな　（永久百首・七三・俊頼）(8)

さかぬよりかねてぞいとふ花の木のえだ吹き折るな春の山風　（同・七五・兼昌）

という「未発花」題の歌のモチーフによって表現したのである。結果、題の文からは大きく逸脱した内容になっている。

こうした、初春の歌題の景により、この序品の場面を詠む方法は、『山家集』の二首とは明らかに異なる。また、和歌の伝統的な歌題によって仏典の場面を詠んでいく方法は、第一部で見た『法門百首』の方法に近い。『法門百首』の冒頭歌も「初春」の景を詠んだものであった。

また、この『聞書集』の歌に近似するものとして、『山家集』に「無量義経」題の一首がある。

山桜つぼみ始むる花の枝に春をば籠めて霞むなりけり　（一五三七）

『無量義経』は、『法華経』の開経と位置づけられることから、これを未だ咲かざる花、つまり桜の蕾に見立てた。『法華経』を桜花に見立て、蕾の段階から春の霞が立つという発想は、「かねて香る春風」という表現と同様の発想である。この歌は、『山家集』の巻末「百首」の中の一首で、巻末「百首」の成立時期にも諸説あるが、この二十八品歌の成立の問題を解く一つの手がかりとなるだろう。

なお、『梁塵秘抄』巻第二にも、

無量義経に苔む花　霊鷲の峰にぞ開けたる　三十二相は木の実にて　四十二にこそなりにけれ　（五五）

と見られ、『無量義経』を蕾に見立てるのは、定着していたかと思われる。

以上、必ずしも題意に沿わずに題の一部の語から連想を広げて詠むという方法、寂然『法門百首』との関連、『山家集』巻末「百首」との関連が浮き彫りになった。以下、これらについてさらに検討を深めていきたい。

四　『山家集』巻末「百首」・『久安百首』との関連

『山家集』巻末「百首」との表現類似については、山木幸一氏の指摘がある。[9] その中で特に関係が密接と考えられるものを改めて検討してみよう。

巻末「百首」の「花十首」の中の、

根にかへる花をおくりてよしの山夏のさかひに入りて出でぬる　（一四六二）

に対して、類似する表現、発想の歌として、二十八品歌普門品の、

能伏災風火、普明照世間

ふかき根のそこにこもれる花ありといひひらかずは知らでやままし　（聞書集・二一七）

を指摘している。これは、「普く明らかに世間を照らす」という題を受けて、深い根に籠もる花をも明らかにすると詠んだ歌である。ともに、根に花が籠もるという発想で共通するが、これらは、

花悔帰根無益悔　鳥期入谷定延期　（和漢朗詠集・春・閏三月・六一・藤滋藤）
（花は根に帰らむことを悔ゆれども悔ゆるに益なし。鳥は谷に入らむことを期すれども　定めて期を延ぶらむ）

に拠るものである。

さらに『久安百首』では崇徳院が、

花は根に鳥は古巣に帰るなり春の泊を知る人ぞなき　（春・一九）

と、これを踏まえて詠んでいる。この巻末「百首」と『久安百首』の関係については、久保田淳氏に指摘があり、『久安百首』歌が先行する可能性が高いとする。(10) その理由は、崇徳院歌が滋藤の句の全体を踏まえるのに対し、西行歌はその前半だけに拠っていて、崇徳院歌を意識しそれを発展させたと考えられるということである。二十八品歌で「普明照世間」という法文題から滋藤の詩を思い合わせるのは唐突の感がある。西行は『久安百首』でこの詩を学び、巻末「百首」において試みた表現を、二十八品歌で用いたと考えれば、ここに滋藤の句を踏まえた表現が登場するのも自然に感じられよう。

『久安百首』との関連で言えば、二十八品歌の、

心経

花の色に心をそめぬこの春やまことの法のみはむすぶべき　（聞書集・三三）

と、『久安百首』崇徳院の、

心経、色即是空空即是色

おしなべてむなしととける法なくは色に心やそみはてなまし　（八九）

との関係も密接である。「色」に心を染めずに真の法を希求する点で共通するが、崇徳院歌の上の句が素直に「色即是空」を砕いて詠んでいるのに対し、西行歌は「花」と「実」の縁語を軸とし春の歌に仕立てていて手が込んだものになっている。これも崇徳院歌を意識した上での発展形である可能性が高い。

また、二十八品歌の、

普門品　弘誓深如海、歴劫不思議

おしてるやふかきちかひの大網に引かれむことのたのもしきかな　（聞書集・二六）

は、やはり『久安百首』崇徳院の、

　　　普門品、弘誓深如海

ちかひをば千尋の海にたとふなり露もたのまば数に入りなん　（八八）

に類似する。どちらも、広く深い海のような仏の誓いに導かれるたのもしさを詠む。

　また、山木氏は、巻末「百首」「述懐十首」の、

深き山はこけむす岩をたたみあげてふりにしかたをさめたるかな　（一五一一）

に対して、

　　　涌出品　我於伽耶城、菩提樹下坐、得成最正覚、転无上法輪

夏山のこかげだにこそすずしきを岩のたたみのさとりいかにぞ　（聞書集・一六）

　　　不軽品　億億万劫、至不可議、時乃得聞、是法華経

よろづ世を衣の岩にたたみあげてありがたくてぞ法は聞きける　（同・二一）

　　　神力品　如来一切秘要之蔵

くらぶ山かこふしばやのうちまでに心をさめぬところやはある　（同・二二）

の三首を指摘している。はじめの二首は「岩を畳みあげる」という表現、最後の歌は、山が時や心を収めるものであるという発想が共通する。こうした表現も一般的とは言えず、密接な関連があるだろう。

以上、『久安百首』、巻末「百首」で発掘した表現が、この二十八品歌に生かされている可能性が高いことを指摘してきた。

五　寂然『法門百首』との関連

次に寂然『法門百首』との関連を見ていきたい。

安楽行品　深入禅定、見十方仏

ふかき山に心の月しすみぬれば鏡によものさとりをぞみる　（聞書集・一五）

題の「深く禅定に入りて、十方の仏を見たてまつる」（中・二八二）は、深く禅定の境地に入れば、十方に仏の姿を見るという意。歌は、深い山で禅定し心の月が澄んだので、自らの心は鏡のようになり、そこに四方の仏の悟りの姿を映し出して見る、という意になる。

『法華経』においては、「心の月」や「鏡」に相当する箇所はなく、この「月」と「鏡」がどのように発想されたのか、というのがこの歌の最大の問題である。「心の月」は、題の「禅定」から、その瞑想の中で獲得される心月輪を連想したものだと考えられるが、「鏡」はどこから発想されたのか。

この点について、萩原昌好氏は、次の『摩訶止観』二・上の「常行三昧」の記述の箇所に着目した。(11)

二に、常行三昧とは、（中略）よく定中において十方の現在の仏その前に在して立ちたもうを見たてまつること、明眼の人の清夜に星を観るがごとく、十方の仏を見ることもまたかくのごとくに多し、故に仏立三昧と名づく。（中略）鏡中の像は外より来たらず、中より生ぜず、鏡浄きをもっての故に自からその形を見るがごとし。(12)

この箇所は、『往生要集』大文六(13)にも引用されているが、ここには、『法華経』題の「見十方仏」と同句が見え、「鏡」に映すように仏を見るという記述も見られる。西行は、題の「見十方仏」から同句が見えるこの『摩訶止観』の箇所を思い合わせ、心の「鏡」に映し出される十方仏を詠んだということになろう。また、和歌文学大系でもこれを受けて、「止観の三昧境を踏まえて詠む。」としている。(14)

さて、この『摩訶止観』の箇所の「清夜観星　見十方仏」を題として詠んだ歌が、『法門百首』秋部にある。

清夜観星

雲井まで浮木に乗りてゆかねども星合の空をうつしてぞ見る　（二二）

常行三昧おこなふ人の観成じて仏を見る時、晴れたる星を見るがごとく、十方の仏を見るといへる文なり。むかし浮木に乗りて七夕にめぐりあへりし人のごとくならねど、ここにしても星合の空をうつして見るやうに、はるかに十方の国土へゆかねども、ここながら仏を見るといふ心なり。常坐三昧をあかすところに水鏡を照らして、みづからそのかたちを見るがごとしといふ文もかよひて、心知られぬべし。

漢の張騫《ちょうけん》は筏に乗って七夕の水源を尋ねたけれども、常行三昧の観が成ったので、わざわざ空の上に行かなくとも、心に星を映して見るように、仏の姿を心に映して見るよ、と詠んだもの。さらに左注に、「常坐三昧をあかすところに水鏡を照らして、みづからそのかたちを見るがごとし」という文を引用し、この歌の心に通うと言っている。これは『摩訶止観』二・上に、

仏の相好を見ること、水鏡を照らしてみずからその形を見るがごとし。(15)

とあるものである。

西行の「鏡によものさとりをぞみる」と『法門百首』の「星合の空をうつしてぞみる」とが同じ心を詠んでいるだけではなく、言い回しも非常に近い。深い影響関係を考えたいが、仮に『法門百首』が先行するのであれば、題の「見十方仏」から、直接『摩訶止観』ではなく、『法門百首』から容易に「鏡」の比喩にたどりつくことができる。

さらに、この『法門百首』二二番と西行の二十八品歌との関連はこれだけではない。七夕の水源を尋ねた漢の

張騫の故事を踏まえたものが、この西行の二十八品歌にある。

厳王品　又如一眼之亀、値浮木孔

おなじくはうれしからましあまのがは法をたづねし浮木なりせば　（聞書集・二九）

題は、仏法に会うことの難しさを、一眼の亀が浮き木の穴に会うことに例えたものである。同じく浮木ならば、天の川を遡り水源を尋ねるのではなく、法を尋ねる浮き木であればうれしかったのにという意。この題は、それまでの釈教歌では比較的多く詠まれてきたもので、

妙荘厳王品　又如一眼之亀、値浮木孔、而我等宿福深厚、生値仏法

ひとめにてたのみかけつる浮木には乗りはつるべき心地やはする　（発心和歌集・五一）

厳王品　又如一眼之亀、値浮木孔

我やこれ浮木にあへるかめならんこふはふれども法はしらぬを　（長秋詠藻・四二九）

というように、題意に沿って仏法に会い難きわが身を嘆くのが一般的な詠み方であった。

しかしこの歌は、題の「浮木」から、天の川の水源を尋ねた張騫の乗った「浮木」を連想し、それが法を求める浮木であったならば、というのである。題の「浮木」は、仏法に逢いがたきことを言うための比喩であるが、その文脈とは全く無縁な張騫の浮木が詠まれ、題意とは全くかけ離れた歌になっている。題と歌はただ一点「浮

木」ということでつながっているだけである。この故事は、『俊頼髄脳』に、

漢武帝の時に、張騫といへる人を召して、「天の河の、みなかみ尋ねてまいれ」と、遣しければ、浮き木にのりて、河のみなかみ尋ねゆきければ、見も知らぬ所に、行きてみれば、常に見る人にはあらぬさましたるものの、機をあまたたてて、布を織りけり。また、知らぬ翁ありて、牛をひかへて、立てり。「これは、天の河といふ所なり。この人々は、たなばたひこぼしといへる人々なり。さては、我は、いかなる人ぞ」と、問ひければ、「みづからは、張騫といへる人なり。宣旨ありて、河のみなかみ、尋ねてきたるなり」と、答ふれば、「これこそ、河のみなかみよ」といひて、「今は帰りね」といひければ、帰りにけり。

と見られるものである。『法門百首』の場合は、秋部という制約の中であるから、七夕の故事を連想するのは自然であるが、西行の場合、この題から「浮木」の一点のみでこの故事を持ち出すのはやはり唐突だ。これも、『法門百首』を前提とすれば、その唐突感は和らぐ。

こうした漢籍を題から連想するのは、西行二十八品歌においては、他にも、

随喜品　如説而修行、其福不可限

からくにや教へうれしき土橋もそのままをこそたがへざりけめ　（聞書集・一九）

題は、教えに従い修行すれば、その福は限りないものになる、という意。「如説而修行」から、同じく教えに従っ

た例として、張良が黄石公から兵法指南を受けた故事[16]を連想し、それを詠む。『法華経』の教えが、普遍的に流通していることを詠もうとしたものであろうか。

また、

勧持品　我不愛身命、但惜无上道

根をはなれつながぬ舟を思ひしればのりえむことぞうれしかるべき　（聞書集・一四）

これはまず、「我れ身命を愛せずして、但、無上道のみを惜しむなり。」という題の「身命」から、

観身岸額離根草、論命江頭不繋舟　（和漢朗詠集・雑・無常・七九〇・羅維）

（身を観ずれば岸の額に根を離れたる草、命を論ずれば江の頭に繋がざる舟。）

に思い当ったと考えられる。この句は『三宝絵』序にも引用されて著名なものであった。これは、「身」と「命」の定まりなきことを、浮遊する草と舟によそえたもの。歌の「根を離れ繋がぬ舟を思ひ知れば」は、身と命が定まりないことを知ると、という意になり、題の「我れ身命を愛せずして」と対応する。その「舟」から「乗り（法）」を縁語として発想し、下の句に続ける。下の句の「法得む」は、題の後半の「無上道のみを惜しむなり」と対応するが、「法」に「乗り」を掛け、上の句の「舟」の縁語とする。和歌文学大系の「歌題句の「身命」から和漢朗詠集の著名句を想起し、舟を中心に表現を凝縮して詠む。[17]」という指摘の通りである。

以上のように、「浮木」「如説而修行」「身命」というただ一点から、それに通じる故事を連想して詠んでいる。先の序品の歌で、「香風」から春風を連想しそこから初春の歌としたように、題の前後を切り捨て、ただ一句一点から自在に連想していくのが、この二十八品歌の特徴としてここでも浮かび上がる。

そもそもこうした、法文歌の中で中国故事に仏典の類例を求めること、あるいは、中国故事を仏典に照らすことは、『法門百首』に特徴的に見られるものであった。次の『法門百首』の歌は、こうした西行の発想に近い。

病即消滅不老不死

舟の中に老いを積みけるいにしへもかかる御法をたづねましかば　（四四）

法華経は閻浮提の人の良薬なりといふ文なり。蓬萊不死は名のみ聞きてその益なし。円融実相の薬はもとめずしておのづから得たり。

題の「不老不死」から、不死の仙人が住み海中にあるとされる「蓬萊山」の故事を連想し、同じく「不老不死」を求めるのならば、『法華経』を求めればよかったのにと詠んだ。先の二十八品歌、

おなじくはうれしからましあまのがは法をたづねし浮木なりせば　（聞書集・二九）

の、同じ浮木ならば、仏法を尋ねるものであればよかったのに、という発想と同様である。『法門百首』では、この他にも、

鮮白逾珂雪

西を思ふ窓にさすなる光にはあつむる雪の色も消ゆらん　（三六）

白毫の光の雪よりも優れて白きをいふ文なり。光明遍照十方世界、念仏衆生摂取不捨、といふ心ならば、弥陀を念ずる窓のうちに、白毫の光必ず照すらんといふ心なり。雪をあつむといへるは、嵆康が思ひに同じけれども、かれ九流の典籍を開き、これは五時の教文を照らすなるべし。諸教所讃の文に向かひながら、摂取不捨の光を念ぜざらんや。

題の「雪よりも白い」という意から、孫康の「窓の雪」の故事を発想したものである。この二十八品歌に続く「十題十首」にまで広げると、さらに『法門百首』との関連が見出せる。四三番題の、

流転三界中、恩愛不能脱、棄恩入無為、真実報恩者

が『法門百首』五五番題に見られ、また、続く四四番題の、

妻子珍宝及王位、臨命終時不随者、唯戒及施不放逸、今世後世為伴侶

も、『法門百首』八八番歌左注に引用されている。さらに続く四五番、

雪山之寒苦鳥を

夜もすがら鳥の音思ふ袖の上に雪は積もらで雨しをれけり　（聞書集・四五）

の「雪山《せっせん》之鳥」は、『法門百首』でも、

雪山之鳥

夜を寒み高ねの雪に鳴く鳥のあしたの音こそ身にはしみけれ　（三七）

というように見える。

以上のように、「二十八品歌」「十題十首」と『法門百首』は、表現の類似のみならず詠法に至るまで、非常に密接に関わり合っている。共通する仏典や漢籍が多岐に渡ることを考えれば、広く典籍を漁った寂然『法門百首』が、西行の「二十八品歌」「十題十首」の前に成立し、詠歌の材料を提供している可能性が高い。

六　詠法の特徴

これまでの考察で浮かび上がってきた、題からの歌への発想法についてさらに確認してみる。

分別品　若坐若立、若経行処

立ち居にもあゆく草葉の露ばかり心を他に散らさずもがな　（聞書集・一八）

題は、「阿逸多よ、この善男子・善女子の、若しくは坐し、若しくは立ち、若しくは経行せん処、この中には便ち応に塔を起つべし。」（下・六四）とある箇所。

歌は、題の「若坐若立」から、歌ことば「立ち居」を連想し、

草わけて立ち居る袖のうれしさにたえず涙の露ぞこぼるる　（赤染衛門集・五七六）

に倣い、立ち居により草葉の露が揺れる様を描き、さらに「露」の縁語「散る」を用いて、心を仏道以外に散らさずありたいという願いの歌とした。しかし、この歌の内容は、題意とはほとんど関係がない。「坐・立」「立ち居」「草葉」「露」「散る」という言葉の連想によりつながっているのみである。こうした、題の内容というより一語から連想により歌を組み立てていく、これがこの二十八品歌の詠法の基本である。

提婆品　我献宝珠、世尊納受

いまぞ知るたぶさの玉を得しことは心をみがくたとへなりけり　（聞書集・一三）

題は、「仏に宝を献上したところ、仏はそれを受け取った」というものである。歌の「たぶさの玉を得しこと」とは、この題の釈迦が宝珠を納受したこと、つまり成仏を言う。それが「心を磨く譬えであった」という感慨はどういうことなのだろうか。これも題からは発想できないものである。この「みがく」が発想されるのは、「玉」との縁語という他以外はない。題の前後でも「みがく」に対応するような句はない。玉を納受することが、なぜ成仏することになるのか。仏が玉を納受したというが、なぜ玉なのか。玉は磨かなければ光らない。そうか今わかったぞ、心を磨くこと、それが成仏することであったのだ、という感慨である。これも、縁語により発想を広げていく手法を取っている。

こうした詠法は、この二十八品歌のベースをなすものである。『山家集』に収められた二十八品歌とは一線を画す。こうした西行の仏典の語からの自在かつダイナミックな連想は、次章以降で見るように、伝統的な歌ことばや漢籍故事の範疇を越え、庶民の言葉へと広がっているのである。

七　成立をめぐって

以上検討してきたように、詠法から考えて少なくともこの二十八品歌が西行にとって初めての二十八品歌とは考えにくく、また、『山家集』巻末「百首」、『久安百首』、寂然『法門百首』を受けての詠歌である可能性が高い。第一節でふれたように、この二十八品歌を、康治年間の俊成二十八品歌と同時期とする説の背景には、待賢門院との関わりがあった。しかし、表現の分析の中で見えてきたのは、むしろ崇徳院との関わりである。第四節では、『久安百首』の崇徳院の歌、

花は根に鳥は古巣に帰るなり春の泊を知る人ぞなき（春・一九）

普門品、弘誓深如海

ちかひをば千尋の海にたとふなり露もたのまば数に入りなん（釈教・八八）

心経、色即是空空即是色

おしなべてむなしととける法なくは色に心やそみはてなまし（釈教・八九）

の三首と、二十八品歌の、

能伏災風火、普明照世間

ふかき根のそこにこもれる花ありといひひらかずは知らでやままし（聞書集・二七）

弘誓深如海、歴劫不思議

おしてるやふかきちかひの大網に引かれむことのたのもしきかな（同・二六）

心経

花の色に心をそめぬこの春やまことの法のみはむすぶべき（同・三三）

との表現の類似を指摘した。また、崇徳院も参加し、讃岐の崇徳を多分に意識した『法門百首』との密接な関係も考え合わせれば、この二十八品歌成立の背景にあるのは、待賢門院ではなく、崇徳院を想定するのが妥当であろう。この西行の二十八品歌は、第一節でみたように、花と月の他に吉野山をはじめ深山のモチーフを色濃くたたえていることからも、高野山入山以降、崇徳院讃岐配流後、そして寂然『法門百首』成立後のそう遠くない時期に詠まれたと考えておきたい。

注

（1）川田順『西行』（創元社、一九三九・一一）、同『西行の伝と歌』（創元社、一九四四・一一）、窪田章一郎『西行の研究』（東京堂、一九六一・一）第二章・4「法華経廿八品歌」、伊藤嘉夫校注日本古典全書『山家集』（朝日新聞社、一九四七・一二）、藤原正義『中世作家の思想と方法』（風間書房、一九八一・四）所収「西行論―遁世と浄土教―」。
（2）山田昭全『西行の和歌と仏教』（明治書院、一九八七・五）第一章・第三節「法華経二十八品の歌」。
（3）宇津木言行「西行『聞書集』の成立」（『和歌文学研究』八七、二〇〇三・一二）。
（4）久保田淳『新古今歌人の研究』（東京大学出版会、一九七三・三）第二篇・第二章・第三節・二「法華経廿八品歌」。
（5）注（2）に同じ。
（6）錦仁「法華経二十八品歌の盛行―その表現史素描―」（『国文学解釈と鑑賞』一九九七・三）。
（7）阿部泰郎「観念と斗擻―吉野山の花をめぐりて―」（『国文学』一九九四・七）。
（8）和歌文学大系『山家集・聞書集・残集』（明治書院、二〇〇三・七）に指摘。『聞書集』の担当は宇津木言行。
（9）山木幸一『西行和歌の形成と受容』（明治書院、一九八七・五）第二章・二「山家集巻尾「百首」考」。
（10）久保田淳『中世和歌史の研究』（明治書院、一九九三・六）所収「『山家集』巻末「百首」」。
（11）萩原昌好「月と花のゆくへ―西行の初期信仰―」（桑原博史編『日本古典文学の諸相』勉誠社、一九九七・一）。
（12）大正蔵四六・一二a二三〜、岩波文庫・上巻・七七〜八〇頁。
（13）大正蔵八四・六八a一一、岩波思想大系・二〇〇頁。

(14) 注（8）に同じ。
(15) 大正蔵四六・一一c八、岩波文庫・上巻・七四頁。
(16) この故事は、『蒙求』五二七「子房取履」、『蒙求和歌』一九〇「石橋」、謡曲『張良』「土橋」、『和漢朗詠集』帝王・六五三、『和漢朗詠集』永済注（「履を土橋の下に落として」）に見えるものである。
(17) 注（8）に同じ。

第五章　西行「あみ」の歌をめぐって

一　あみ漁はなぜ深い罪なのか

本章の問題の中心は、西行の四国の旅における次の一首の解釈である。

備前国に、小島と申す島にわたりたりけるに、あみと申す物とる所は、おのおのわれわれしめて、長き竿《さを》に袋をつけて、立てわたすなり。その竿の立てはじめをば、一の竿とぞ名づけたる。なかに年たかきあま人の立てそむるなり。立つるとて申すなることば聞き侍りしこそ、涙こぼれて、申すばかりなくおぼえて、よみける

立てそむるあみとる浦の初竿《はつさを》は罪のなかにもすぐれたるかな　（山家集・一三七二）

西行は旅の往路、備前の児島で、「糠蝦《あみ》」というエビに似た小動物を採る漁を目にした。そこでは、海人たちがそれぞれ場所を占めて、袋を付けた長い竿を立てて漁をする。その漁の最初に、老いた海人が一の竿と名付けられた竿を立て、その際に「立つる」という言葉を発し、それを聞いた西行は言葉を失い涙を流す。そして、その立て初めの竿は罪のなかでもすぐれて重い罪を負う、と歌に詠んだ。この歌は、庶民の現実生活を目の当たりにして、西行の人生観を一段と深めた一首と言われるほど、著名かつ重要な一首であり、これまで多くの研究が積み重ねられているが、なお疑問の残る点がある。「立つる」という言葉を聞いたことが、なぜ涙をこぼさせるばかりに西行を動かしたのか。歌では「罪のなかにもすぐれたるかな」と詠み、その罪の重大さが涙の主たる原因であることは間違いない。しかし、多くの殺生の場面を見てきたであろうに、その中でもなぜ「あみとる浦の初竿」が特に重大な罪なのだろうか。

この点についてのこれまでの代表的な説を挙げると、川田順氏は「この微小の生物は無量の数で捕られるから、いかにも残酷さを感じさせる。」と、大量の殺生に理由を求め、さらに川田氏は、詞書の涙の理由を、「たつるとは誓を立つ、願を立つといふことで、神仏について言ひならはす貴き語なるに、此処では漁師どもが殺生戒を破る仕事の合言葉に用ゐてゐる。いかに罪障ふかき業を彼等がするかと、おそろしくも哀れにもなって、涙がこぼれる」と説く。(1) また、後藤重郎氏は、「「立て初むる」「初竿」を罪のなかでも甚だしいものと詠じているところに、最初に戒をやぶることの重大さをも感じての詠か。」と指摘する。(2) このように特に深い罪とする理由について、これまでに指摘されてきたことは、大量の殺生であること、初めに戒をやぶること、「立つる」という誓願の語を殺生の儀式に用いたことの三点に大きく整理できる。

二　歌群からの考察

この問題を考えるにあたって、まずこれに続く歌との関連を見ていきたい。この歌は、四国の旅の瀬戸内における、漁を主題とした六首の歌群の冒頭のものであるが、これに続く歌を以下に示す。

①おり立ちてうらたに拾ふあまの子はつみより罪を習ふなりけり　（山家集・一三七三）
日比《ひび》、渋川《しぶかは》と申す方へまはりて、四国の方へ渡らんとしけるに、風あしくて、ほどへけり。渋川の浦と申す所に、幼き者どもの、あまた物を拾ひけるを問ひければ、つみと申す物拾ふなり、と申しけるを聞きて

②真鍋より塩飽へ通ふあき人はつみをかひにて渡るなりけり　（同・一三七四）
真鍋《まなべ》と申す島に、京より商人どもの下りて、やうやうのつみの物ども商ひて、また塩飽《しわく》の島に渡り、商はんずるよし申しけるを聞きて

③同じくはかきをぞ刺してほしもすべきはまぐりよりは名もたよりあり　（同・一三七五）
串に刺したる物を商ひけるを、何ぞと問ひければ、はまぐりをほして侍るなり、と申しけるを聞きて

④さだえすむ瀬戸の岩壺もとめ出でていそぎしあまのけしきなるかな　（同・一三七六）
牛窓《うしまど》の瀬戸にあまの出で入りて、さだえと申すものを採りて、舟に入れ入れしけるを見て

沖なる岩につきて、あまどものあはび採りけるところにて
⑤岩の根にかたおもむきに並み浮きてあはびをかづくあまのむらぎみ
（同・一三七七）

「あみ」の歌を含め、①から③までが罪を詠むもの。④と⑤が罪を詠まないものと大別される。
①は、子どもが拾うものが「つみ」という貝だと聞き、そこから「罪」を思い起し、その子どもたちは、「つみ」を拾うことから殺生の罪を知っていくといったもの。
②は、都の商人が様々な「つみ」即ち積み荷である収穫物を商売することを聞いて、その収穫物の積荷の「積み」に前歌と同様に罪業の「罪」を思い合わせ、そして船を漕ぐ「櫂」には生き甲斐の「甲斐」または売り買いの「買ひ」を掛け、殺生の罪を生き甲斐、生活の糧としている商人の姿を詠んでいる。
③は、蛤を串に刺して商売しているのを見て、蛤より牡蛎を刺して売る方が、名称に由来があるといったもの。つまり、牡蛎の方が生物ではない柿の名に通じ「串柿」を連想させるので、蛤よりもその殺生の罪が軽いと詠んだ。
この三首は、殺生の罪を詠み、「つみ」「かひ」「かき」と掛詞、同音異義を利用した表現手法で共通する。
さて、「あみ」の歌についても掛詞が認められるとする説がある。川田氏は、「罪」について、「下句「つみ」は漁獲物のことなので、およそ漁獲物の中でも最もすぐれたよきものと云ふ意と罪の中でもすぐれて深い罪だと云ふ意とを兼ねてゐる。」と、積荷である漁の獲物の意の「つみ」を掛けるとする説を提示され、(3)この説は、伊藤博之氏、(4)稲田利徳氏へと受け継がれていく。この中で、稲田氏は、この「あみ」の歌を含めた四首を「そこに共通するものは、彼らをいずれも仏教的な殺生戒を犯す罪深い人間という視線で眺めていること、歌の表現は、

言葉の多義性を駆使し、縁語・掛詞でもって諧謔的に発想していることであった。」とまとめられた。そして、次に続く④⑤の、海人の生態を活写するのみで罪を詠まない二首との性格の違いを指摘されている。[5]

　この四首に共通性を認めることは、重要な指摘である。しかし、「罪」に「漁獲物《つみ》」を掛けたとして、「あみを捕る浦の初竿は、漁獲物のなかでもすぐれている」というように上の句からの文脈を形成するには無理があるように思われる。むしろ、この歌の言葉の多義性は、「あみ」に求められるのではないか。続く①と②の歌で、貝の「つみ」、積荷の「つみ」を詠んだのは、そこから「罪」を連想したからであったように、「あみ」を詠んだのは、やはりその名称に何か特異なものを感じたからではないだろうか。つまり「あみ」から「阿弥陀」を思い合わせ、「阿弥」の名を持つ「あみ」を捕獲することに重大な罪を感じた、ということではないか。③の歌で蛤よりも名にたよりのある牡蛎の方が罪が軽いといったように、その名称が問題とされている。同様にここでも、阿弥陀の名を持つ「あみ」であるから罪が重いと、その名称が罪の軽重に大いに関連していると考えても無理はないであろう。

三　網と阿弥陀の掛詞

「あみ」に阿弥陀を掛けたとするのは唐突のようであるが、漁の「網」に「阿弥陀」を掛けた例があり、まずこれを見ていきたい。

　西行に、

一念弥陀仏、即滅無量罪、現受無比楽、後生清浄土
いろくづもあみのひとめにかかりてぞ罪もなぎさへみちびかるべき
（聞書集・三六）

という一首がある。題の「一念弥陀仏」を「網の一目」と詠み、「網」に「阿弥」を掛け、「一目」に「一念」の意を込めたもの。阿弥陀に導かれ滅罪することを、網に引かれることにより表現した。また、後の例であるが、慈円は、

ただひとり残りて人をすくふべき網は阿弥陀の名にこそありけれ
（正治後度百首・釈教・一〇五八／拾玉集・三七三一）

と、魚を掬う「網」と人を救う「阿弥陀」の名が通じるのだという発見を詠んでいる。

こうした表現の源流は、『実方集』の、

秋、道綱の中将の君を、網代にさそひければ、道心がり給ふほどよりは殺生好み給ふこそとありければ
宇治川の網代の氷魚もこの秋はあみだぼとけによるとこそきけ
（三四）

返し
波の寄る宇治ならずとも西川のあみだにあらばいをもすくはん
（三五）

という贈答にある。道綱の返し歌の傍線部は、実方歌の「阿弥陀仏」を受けて、「西川」に「西方浄土」を響かせ、「網だに」に「阿弥陀に」を掛けている。一首目の実方歌の「阿弥陀仏に依る」も「網に寄る」を響かせる意図があったと考えてよいだろう。実方は、道綱を網代に誘ったところ、道心深い様子なのに殺生を好むとはおかしなことだと言われ、網で魚を掬うことは殺生だが、阿弥陀で魚を救うから殺生ではないと言った贈答である。

さて、この実方の一首は、以下の『栄花物語』にも見られ、こうした漁の殺生が歌に詠まれるようになる背景が垣間見られる。

また、その月の二十日のほどに宇治殿におはします。そこにて御八講せさせたまふなりけり。そこを年ごろ逍遥所にせさせたまへりしかば、その懺悔と思しめして、法華経、四巻経など書かせたまひて、阿弥陀の曼荼羅など書きたてまつらせたまひて、五人の講師を具しておはしまして、五日のほどに講おこなはせたまふべきなりけり。（中略）さて五日がほどいみじうあはれに尊し。講師たち、なかなか心のどかなるところにて、尊くあはれに仕うまつる。「十千の魚、十二部経の首題の名字を聞きて、みな忉利天に生れたり」とあり。いはんや五日十座のほど講ぜられたまふ法華経の功徳いみじう尊し。事ども果つる日、いみじき御功徳と思しめして、殿の御前、

宇治河の底に沈める魚を網ならねどもすくひつるかな

と仰せられたるに、講師たちこれを詠じて、御返し仕うまつらずなりにけり。いみじうそがせたまへれど、御迎へに殿ばらや、さるべき人々多く参りたれば、帰らせたまひぬ。まこと、「宇治にて実方の中将の詠み

たりけん歌こそ、そのをりによかりぬべかりけれ」とこそ人申しけれ。

　宇治河の網代の氷魚もこのごろは阿弥陀仏によるとこそ聞け

とこそありけれ。

（巻第一九「御裳ぎ」）

日頃の宇治川での殺生の懺悔として宇治殿で法華八講が行われた。その『法華経』の功徳を讃えて道長が詠んだのが、傍線部の一首であった。その後人々は、実方の一首はこの折にこそふさわしいものであると思い合わせたということで、この歌が最後に引かれている。道長歌は、宇治川の魚を網ではないが法華経の功徳により救ったという意であるが、この実方歌がここに持ち出されるのは、人々が道長の「網」にも「阿弥」を読んだからであろう。この実方歌や道長歌が、殺生を題材に詠んだ歌の濫觴であるが、この背景には法華八講の中の漁の殺生の懺悔の儀式がある。波線部の、ここで懺悔のために書いたという「四巻経」とは、『金光明経』のことで、さらに、同じく波線部の「十千の魚、十二部経の首題の名字を聞きて、みな忉利天に生れたり」とあるのは、この『金光明経』の「長者子流水品」の説話によるものである。この説話は、池の枯渇により十千の魚が死にそうになっていたところ、流水《るすい》長者は二十の象によって水を運び助け、十二因縁を説き、宝髻《ほうけい》如来の名を唱えた。それによってその後、十千の魚は忉利天に生まれることができた、というものである。(6) この宇治川の殺生の懺悔を目的とするこの法華八講は、この『金光明経』の流水長者の説話を基盤としたものであることが分かる。また、この『金光明経』「長者子流水品」は、『梵網経』とともに、不殺生戒により魚を池沼に放ち供養する放生会の拠り所となった経典でもある。

このように『金光明経』の流水長者の説話、さらにはそれに基づく放生会や法華八講といった懺悔の儀式を背景に、漁の殺生の歌が詠まれるようになり、その中で、「網」と「阿弥陀」の掛詞が成立している。
これ以降も、「網」に「阿弥」を掛けた例が散見される。以下、管見に入ったものを挙げておく。先の贈答の道綱歌同様、「網だに」に「阿弥陀に」を掛けたものに、

すみ給ふ仏のいけのきよければあみだにこそはつみすくふらめ　（成尋阿闍梨母集・八六）

がある。また、網を投げた時の「だぶ」という擬音語と合わせた「網だぶ」という表現に「阿弥陀仏」を掛けたものとして次のものがある。

あみひかせてみるに、あみひく人どもの、いとくるしげなれば
あみだぶといふにもいをはすくはれぬこやたすくとはたとひなるらん　（和泉式部集・六六九）
よさり、くるしうてうちふしたれど、ねられねば
あみだぶのたえまくるしきあまはただいをやすくこそねられざりけれ　（成尋阿闍梨母集・四六）

また、『金葉集』（二）切り出し歌の、

極楽をおもふといへる事を
よものうみのなみにただよふみくづをもななへのあみに引きなもらしそ　（源俊頼・七一〇）

は、「ななへ」が不明だが、題に「極楽」とあり、「網」に「阿弥」を掛けていることは間違いないだろう。西念『極楽願往生歌』の、

わたつみのそこのいろくづみなながらすくはむことをねがふあみだは

は、明らかに「わたつみ」に「罪」、「阿弥陀」に「網」を掛けている。『久安百首』釈教の、

あまを船あみだに心かけつればにしのきしにはうけや引くらん　（待賢門院堀川・一〇八六）

は、「阿弥陀に」に「網」を掛け、「浮け」と縁語としたものである。

和歌ばかりでなく、歌謡でも、

法華経八巻は網なれや　無量義経をうけとして　観音勢至を網子とし　救ひ給へ罪人を　（梁塵秘抄・一九八）

これも「網」で罪を救うという内容のものであるが、観音、勢至という阿弥陀の脇侍が歌われるのに、阿弥陀自身が出てこない点が不審とされてきた。これに関して武石彰夫氏は、「船自身を弥陀に喩えたか。」とするが(7)、歌われない船を想定するのは無理がある。やはりこれも「網」に「阿弥」を掛けていると考えたい。初句は、法華

経は阿弥陀と同じく罪を救い浄土へ導くものなのであろうか、というほどの意になろう。

以上のように、漁の殺生を詠む中で、「網」に「阿弥陀」を掛ける表現が生まれ、その後も「網」は罪を救うものとして「阿弥」を掛ける表現は定着していった。

四　その他の仏教語を掛詞とする歌

さらに殺生の歌を見てみると、「網」だけではなく、海産物や海に関する語に仏教語を掛けるものが見られる。

不殺生
わたつみのふかきにしづむあさりせでたもつかひあるのりをもとめよ（唯心房集・一／新古今集・釈教・一九六一）

この寂然の一首は、海深く潜る漁りをしないで、保つ甲斐のある海苔を求めなさい、という意であるが、「わたつみ」に「罪」、「甲斐」に「戒」、「海苔」に「法」を掛け、罪深い漁りをしないで法を求め戒を保ちなさいという、もう一つの文脈を形成している。また、「甲斐」には「貝」を掛け、「漁り」「海苔」と縁語になる。「罪」を掛詞とする点の他、「海苔」「貝」といった海産物を掛詞とする点は、「あみ」「つみ」「かき」というやはり海産物を掛詞とする西行のこの一連の四首と影響関係を考えたい(8)。

こうした掛詞の用法にも先例が認められる。煩雑になるが、こうした表現の歴史を辿る意味でも挙げておきたい。「わたつみ」に「罪」を掛ける例としては、

かくばかりわたつみふかき世中にうたがひをさへかくるなみかな　（大斎院前の御集・三〇六）

が古い。また、「わたつみ」と共に「海苔」に「法」を掛けた例としては、『四条宮下野集』の、

　　甘海苔といふものを、尼なるはらからにやるとて
すくふべきあまのりをこそたづねつれわたつみ深き身にはと思へば　（二三）
　　返し
あま舟にわれのり得たるしるしにはすくはざらめやわたのはらから　（二四）

がある。これは、甘海苔を尼の姉妹に贈った際の贈答であるが、一首目は、「甘海苔」に「尼」と「法」を、「わたつみ」に「罪」を掛けている。返し歌は、「海人」に「尼」、「乗り」に「法」と「海苔」を掛けたものである。

また『林下集』には、

　　大宮の台盤所より、ひろき海苔をたまはせたりしに、申しはべりし
この世には思ひ出でもなき身なれどもひろきみのりにあふぞうれしき　（三四四）
　　御返し
ひろめけるのりのしるしぞ思ひしるかひある和歌の浦を見つれば　（三四五）

という贈答歌が見出せる。台盤所から大きな海苔を献上させた時のもので、同様に「海苔」に「法」を掛けたものである。返し歌の「かひ」は、「貝」と「甲斐」を掛けたもの。この二組の贈答からは、海苔が法の名を持つ縁起物としてやりとりされていることが知られる。

その他、「海苔」と「法」の掛詞の例として、『成尋阿闍梨母集』の、

心のみだれて、念仏もかずおこたる心地すれば

あまをぶねのりとるかたもわすられぬみるめなぎさのうらみするまに　(四五)

は、「海苔」に「法」を掛け、詞書の「念仏もかずおこたる」の意を含める。

後代においては、道元『傘松道詠』の「教外別伝」を詠んだ、

あら磯の波もえ寄せぬ高岩にかきも付くべきのりならばこそ

がある。さらにこれは「牡蛎」が岩に付くことに「書き付く」意を掛けている。

また、これに関連していえば、『去来抄』における芭蕉の、

かきよりは海苔をば老の売りはせで

の「海苔」に「法」を掛けるとする説も、こうした詠み方を踏まえてのものであろう。
次に、「戒」を掛けたものとしては、後の例であるが、『正治後度百首』賀茂季保の、

五波羅蜜　戒
世をうみをわたりはつべきしるべとやかひとる浦にかかる舟人　（釈教・七五五）

が、「貝」に「戒」を掛けたもの。また「櫂」に「戒」を掛けたものとして、西行の、

宝塔品　是名持戒、行頭陀者、則為疾得、無上仏道
かいなくてうかぶよもなきみならまし月のみふねののりなかりせば　（聞書集・一二）

がある。この例を見ると、西行の「あみ」の歌に続く歌、

真鍋より塩飽へ通ふあき人はつみをかひにて渡るなりけり　（一三七四）

の「かひ」にも「戒」が掛けられ、「罪を犯すことを守るべき戒律として」というもう一つの文脈を作っている可能性も考えられる。

以上のように、漁の殺生戒の歌を中心に、「海苔」「貝」という海産物や「網」「わたつみ」「海人」「櫂」という海や漁に関する語に、「阿弥」「罪」「法」「戒」「尼」という仏教語を掛けるものが見られる。この西行の四首が漁の殺生を詠みながら掛詞的表現を多用するのは、こうした歌が背景にあるのである。殺生戒の歌で、「網」に「阿弥陀」を掛けたもの、さらに海産物に仏教語を掛けた例があり、西行が「あみ」という海産物から「阿弥」を思い合わせることはむしろ自然であったと考えるのである。

なお、『新撰字鏡』に「鱵　阿弥」とある。『新撰字鏡』の用字法をみると、この仮名を用いるのは特殊なことではなく、阿弥陀を響かせる意図があったかは不明だが、参考までに示しておく。

さて、「立つる」という誓願の語を殺生の儀式に用いたことに西行は涙した、とする説をはじめに引いたが、「あみ」に「阿弥陀」が掛けられているとすると、この詞書の「立つる」と歌の「立て」と「あみ」は響き合ってくる。阿弥陀といえばまず何より四十八願が連想される。後の例であるが、

　無量寿経の我建超世願といへる事を
世にこゆるちかひの海のみをつくし立つるしるしはいつも朽ちせじ　（新千載集・釈教・八九六・源邦長）

と詠まれるように、阿弥陀こそは衆生を救う誓願を「立て」たものである。また、

　恋阿弥陀仏といふこころを
錦木を千束立つるをかずとして南無阿弥陀仏と日々にとなふる　（粟田口別当入道集・一七九）

のように、衆生は阿弥陀に対して極楽往生の願を「立てる」ものである。

衆生を救う請願を「立て」た阿弥陀の名を持つ「あみ」を、本来阿弥陀が発すべき「立つる」という言葉により一網打尽に大量殺生する。あるいは、衆生は阿弥陀に対して往生の願を「立つる」べきであるのに、殺生にその語を用いる。それはまさしく重大な罪と感じられたのだ。

五　海人の無明の罪と生態への興味

こうして見てくると、この歌は、殺生の罪を正面から詠んだというよりも、むしろ海人たちの言葉に対する無自覚、無知の深い罪を詠んだものと捉えられる。特に続く歌で、子どもが「つみ」という貝を無邪気に拾うのも、まさに言葉の無知ゆえのことである。また、はまぐりよりもかきを乾せと言ったのは、その物の名への自覚を促しているように聞こえる。久保田淳氏は、この涙の理由について、「罪深い所行を敢えて犯してまで生きている、人間存在そのものへの感動」と言われるが(9)、漁師たちの側に立って言えば、殺生を敢えて犯しているのではない。阿弥陀という仏の名さえも知らない人々であり、こうした無知が仏の名を持つ生物を殺生するという恐ろしい罪を犯そうとしている。根本は、こうした現実に向き合ったということなのではないか。無知は、愚痴、無明ともいわれ、仏教の根本思想である十二因縁説においては、迷いの根源とされるものである。まさに深い罪なのである。『山家集』一三八六番歌の詞書には、伊勢の二見の浦に、さるやうなる女の童どもの集まりて、わざとのこととおぼしく、蛤をとり集めけるを、いふ甲斐なきあま人こそあらめ、うたてきことなりと申しければ、貝合に京より人の申させ給ひたれば、えりつつ採るなりと申しけるに

とある。傍線部のように賤しい身分の海人ならばともかくと断った上で、蛤を殺生するそれなりの身分の童に対して、よくないことだと咎めている。ここでもやはり、教養を受けた身分の高い人に対して、海人を仏の教えを受けていない者として区別している。同様な視点は、たとえば親鸞が、『一念多念文意』で「いなかの人々の文字のこころもしらず、あさましき、愚痴きわまりなきゆえに、やすくこころ得させん」という中にも見られ、西行もこうした人々をどう導くのかという重い課題に直面したはずである。

しかし一方で、長い竿に袋を付けるという特殊な網に注目し、また「一の竿」「立てそむる」「初竿」というように儀式の際の初物に関心を寄せ、その活き活きとした姿を取材し表現するという側面がこの歌にあることは見逃せない。農耕もそうであるが、漁撈は特に初物にこだわる。漁の開始、年の初めの初漁にさいして多くの予祝の儀式が行われる。そうした海人の生態をよく観察しているのである。罪を詠みながらも、この四首の後に続く二首をはじめとした多くの西行の漁の歌と同様、生態への興味のもとに成り立つ作品なのである。

漁民は常に殺生戒を犯しているに違いはないが、先の『山家集』一三八六番歌の詞書の「さるやうなる女の童ども」に対してのように西行は咎めることはしない。また、先の『金光明経』の流水長者のように捕らえられようとする魚を救おうとするわけでもない。むしろこの歌群に一貫して漁民の活き活きとした姿を描き、海産物の名称や海人の言葉に関心を寄せた。西行の海産物の名称への関心は、『山家集』の、

あま人のいそしてかへるひじきものはこにしはまぐりがうなしただみ　（一三八〇）
磯菜つまんいま生ひ初むるわかふのりみるめぎばさひじきこころぶと　（一三八一）

にも端的に見られる。しかしその中でも特に「立つる」「あみ」「つみ」という言葉に対して海人たちが無意識であることには、ただならぬものを覚えたのだ。

六　日本語と仏教語の縁

「あみ」の歌に始まる一連の四首は、殺生戒の歌にはじまる仏教語を掛詞とする歌の歴史に連なるものであるが、それまでの歌と異なり、海産物の「あみ」、貝の「つみ」、積荷の「つみ」と、これまで詠まれることのなかったものを詠み、ひろく日常の言葉に関心を持ち、その中から仏教語に通じるものを見出している。この瀬戸内の海浜を行く西行が、庶民の生活の中から「あみ」「つみ」を発見し、「阿弥陀」「罪業」を思い合わせ、深い罪を感じ涙を流す姿は、すでに指摘されているように(14)、次の『徒然草』一四四段の中に伝えられる明恵の姿と重なってくるように思える。

栂尾の上人、道を過ぎ給ひけるに、河にて馬洗ふ男、「あしあし」と言ひければ、上人立ちとまりて、「あな尊や、宿執開発の人かな。阿字阿字と唱ふるぞや。いかなる人の御馬ぞ。あまりに尊く覚ゆるは」と尋ね給ひければ、「府生殿の御馬に候」と答へけり。「こはめでたきことかな。阿字本不生にこそあなれ。嬉しき結縁をもしつるかな」とて、感涙を拭はれけるとぞ。

明恵は道端の馬の足を洗う男の「あしあし」という言葉から仏教語の「阿字《あじ》」を聞き取り、その馬の飼い主の名である「府生殿《ふしょうどの》」から「不生《ふしょう》」を思い合わせ、「阿字本不生」に思い至り、そしてそれを「嬉しき結縁」として涙を流した。もちろん西行の涙が罪への涙であったのに対し、感涙である点は正反対であるのだが、日本語から仏教語を思い合わせ、深く心を動かす点は共通する。

この日本語の「あし」と「阿字」とを引っ掛けたものは、やはり和歌の表現として見出せる。『徒然草』と同時代のものだが、「阿字観」を詠んだ、

阿字観を

夢の中になにはの事をみつれどもさむれば蘆の一夜なりけり　（続後拾遺集・釈教・一二九六・前僧正公朝）

は、植物の「蘆《あし》」に掛けたもので、同じく「阿字観」を詠んだ、

阿字観の心をよめる

をちこちのとをのさかひの道もみな足にまかせて行くにぞありける　（安撰和歌集・釈教下・四二四・阿闍梨頼真）

は、明恵同様「足」に掛けたものである。この『徒然草』の説話が明恵のものとして語られているのは、やはり、こうした言語感覚、発想、思想が、歌詠みの僧ならではのもの、と捉えられていたことを示していると思う。「あみ」の歌をはじめとする西行の四首にしても、この明恵の説話にしても、殺生戒を詠む歌で始まった仏教語を掛詞とする歌を踏まえながらも、単なる諧謔的表現を超えて、日本語と仏の言葉との不可思議な縁に対する深い驚きと信仰を背景に成り立っているのである。さらに想像を広げれば、こうした言葉の縁を利用して庶民に仏の名を説き、教えを説くことがあったのではないか。「あみ」「つみ」は、まさにその格好の材料であっただろう。だからこそ、執拗な言葉の縁へのこだわりがあるのではないか。ともかくも、和歌のなかで育まれた発想や言語感覚が、独特の仏教信仰の形を生み出していく姿をここに見ることができるのだ。

七　王越・青海・長船の西行伝承

この一連の瀬戸内詠に関連した西行伝承が多く存在する。仁安期の白峰や善通寺を目指した四国の旅において、西行はどのようなルートで本州から四国へ渡ったのか。この道筋を伝える跡が香川県の王越《おうごし》・青海《おうみ》にある。(15)王越役場近くの薬師堂は、西行庵跡であると伝えられている。西行の白峰詣を伝える『撰集抄』巻一第七「讃州白峯之事」、

過にし仁安のころ、西国はるばると修行し侍りしついでに、讃州みを坂の森と云所に、しばらく住み侍りき。

の「讃州みを坂の森」が、ここに当たるとされる。また、『雨月物語』「白峰」の、

猶西の国の歌枕見まほしとて、仁安三年の秋は、葭《あし》がちる難波を経て、須磨明石の浦ふく風を身にしめつも、行々讃岐の真尾坂《みをさか》の林といふにしばらく筇《つゑ》を植《とど》む。草枕はるけき旅路の労にもあらで、観念修行の便せし庵なりけり。

という記述は、この『撰集抄』を踏まえたもので、「真尾坂の林」もここに当たるとされる。西行はこの地に滞在した後に、西行庵から南方に向かい、鎌刃越《かまのはごえ》の峠道を通って白峰に向かったとされ、その道は現在「西行の道」として整備されている。この王越にこうした伝承が残るのは、『山家集』一三七三番の詞書に「日比、渋川と申す方へまはりて、四国の方へ渡らんとしけるに」と岡山県の日比・渋川の辺りから四国へ渡ろうとしたという記述があり、その日比・渋川から最も近い四国の地が、この王越であるからに他ならない。

さらにその鎌刃越を越えた先、白峰までの中間地点に位置する青海町の向集落には「西行腰掛石」と伝えられる石がある。つまり、岡山県の日比・渋川から、王越の西行庵、青海の西行腰掛石、白峰と、ほぼ一直線の道筋を想定できるのである。

ところでこの伝承とは別に、『山家集』から導かれるこのルートに関する諸説は、必ずしも伝承通りのものばかりではない。まずはこれに直接関連する『山家集』の歌を挙げ、諸説を整理しておきたい。

備前国に、小島と申す島にわたりたりけるに、あみと申す物とる所は、おの

おのわれわれしめて、長き竿に袋をつけて、立てわたすなり。その竿の立てはじめをば、一の竿とぞ名づけたる。なかに年たかきあま人の立てそむるなり。立つるとて申すことば聞き侍りしこそ、涙こぼれて、申すばかりなくおぼえて、よみける

①立てそむるあみとる浦の初竿は罪のなかにもすぐれたるかな　（一三七二）

日比、渋川と申す方へまはりて、四国の方へ渡らんとしけるに、風あしくて、ほどへけり。渋川の浦と申す所に、幼き者どもの、あまた物を拾ひけるを問ひければ、つみと申す物拾ふなり、と申しけるを聞きて

②おり立ちてうらたに拾ふあまの子はつみより罪を習ふなりけり　（一三七三）

真鍋と申す島に、京より商人どもの下りて、やうやうのつみの物ども商ひて、また塩飽の島に渡り、商はんずるよし申しけるを聞きて

③真鍋より塩飽へ通ふあき人はつみをかひにて渡るなりけり　（一三七四）

串に刺したる物を商ひけるを、何ぞと問ひければ、はまぐりをほして侍るなり、と申しけるを聞きて

④同じくはかきをぞ刺してほしもすべきはまぐりよりは名もたよりあり　（一三七五）

讃岐の国へまかりて、三野津と申す津に着きて、月明かくて、ひびの手も通はぬほどに、遠く見えわたりけるに、水鳥のひびの手に付きて飛びわたりけるを

⑤敷きわたす月のこほりを疑ひてひびの手まはるあぢの群鳥

まず、この伝承通りのルートを想定するのが、佐藤恒雄氏である。この王越の西行伝承も踏まえ、日比・渋川から王越に渡るとし、児島で①、渋川で②を詠んで王越に渡り、その後白峰を詣で、松山から善通寺までは海路を想定して、⑤にあるように三野津に再上陸すると考える。真鍋での③④は、復路の詠とする。(16)またこれに近い説として、窪田章一郎、久保田淳氏などは、日比・渋川から松山の津に渡ったと考える。(17)

これとは全く別のルートを想定するのは川田順氏で、日比・渋川から③④を詠みながら、塩飽諸島を経由し、⑤のように三野津に上陸したとする。(18)稲田利徳氏も、①～④をすべて往路のものとして、日比・渋川から、真鍋島を始め島々を渡りながら三野津に着き、善通寺に至ったとする。稲田氏は、その根拠として、①～④の殺生の罪をテーマとする一貫性を重視し、佐藤氏のこの四首が往路と復路に分けて詠まれたとする説を批判した。(19)

これについては、「あみ」の歌から「かき」の歌までの四首が、発想、表現において緊密に結び付いていることは動かない。しかし、そのことが稲田氏のいうようにこの四首をまとめて往路のものとする根拠とはならないと思う。稲田氏の説の背景には、「あみ」の歌のような発想の詠歌が一回的な非常に特異なものという考えがある。しかし、前節までに見てきたように、海人を罪の視点から取材したものは少ないにせよ、漁の殺生をテーマとして詠むこと自体は、何も西行に特殊なことではない。往路、帰路に渡ってこうした歌を詠んだとしても不自然とは思われない。また稲田氏は、海浜の人々を殺生の罪の視点で眺めるのは、崇徳院の鎮魂に向かう西行の脳裏に罪の意識が終始張り付き、それが前意識となって働いていたからで、復路の時はその罪への意識が薄らぎ、この精神状況の違いが罪をテーマとするものとしないものとがある理由になっていると説かれる。しかし、ここでは漁の生態、言葉、名称に関心を寄せる中で、「あみ」「つみ」というものの発見があって初めて罪の問題が出てくるのであり、初めから殺生の視点で漁を眺めた訳ではないだろう。崇徳院との関連で前意識を前提として考えるのには従いがたい。また、ここでの罪の問題は殺生というよりも根本は言葉の問題であり、崇徳院あるいは保元の乱の罪の問題とはやや次元を異にするように思われる。佐藤説の可能性も含めて振り出しから検討し直すべきであり、改めてこの問題について考え、一案を示したい。

渋川から王越の乃生《のう》港までは直線でわずか約八キロメートル。瀬戸内海の最も狭い所の一つである。明治九（一八七六）年、本州から四国に初めて海底電信ケーブルが敷かれたのも、この渋川～乃生間であった。②の詞書に「まはりて」とあるように、わざわざ児島半島を回り込んで日比・渋川を訪れたということは、その最も狭いところを渡ろうとしたと考えるのが自然である。日比・渋川から塩飽諸島まで西に向かい、さらに西の真鍋島に渡って讃岐の西端に近い三野津に至るというルートは、この日比・渋川と王越との近さから考えて、やはり考えにくい。日比・渋川まで来て、至近の王越を避けて、また目の前に位置する白峰を無視して西に向かうだろうか、という思いは消えない。しかも、日比・渋川から三野津に向かったとしても、真鍋島は三野津より西に位置し、かなりの遠回りになる。地理的に考えれば、伝承のルートは理にかなったものである。

佐藤氏、稲田氏の説に共通するところは、往路か復路かの見解の相違があるにせよ、真鍋島あるいは塩飽諸島の島々に渡り、③④を詠んだと考えている点である。しかしそもそも、③の詞書は、西行が真鍋島に渡ったことを示しているのだろうか。先にも触れた、塩飽を経由し三野津に至ったとする川田順氏が、別案として、

西行の乗船は真鍋島に寄ったのであらうが、さうではなく、児島又は船中で話を聞いただけとしても此の歌

は出来る。

と一言付け加えているのが、案外当たっているのではないかと思われる。①では「備前国に、小島と申す島にわたりたりけるに」とあり、②でも「日比、渋川と申す方へまはりて」と、明確にその土地に至ったことが記されている。③の詞書は、「真鍋と申す島に京より～」というように、そこに至ったとははっきり記されていない。「真鍋と申す島に京より～商はんずるよし」までが、それがどこで誰から聞いたものなのかは記されていないが、西行が伝聞した内容として読むことができる。②では、日比・渋川の辺りに滞在し、そこの子どもたちから伝聞したことを記し、次の③では、場所を示すことなく、真鍋・塩飽の商人について伝聞したことを記している。つまり、②③の伝聞は、ともに日比・渋川で聞いたものなのではないか。④も特に場所が記されていない。となれば、前を受けてこれも日比・渋川でのことを記したということになる。図式化すれば、

日比、渋川と申す方へまはりて～ほどへにけり。（②）

一、渋川の浦と申す所に～と申しけるを聞きて（②）

二、真鍋と申す島に～よし申しけるを聞きて（③）

三、串に刺したる物を～と申しけるを聞きて（④）

という形で、日比・渋川に滞在した際に実際に見たり伝聞したことを三つ並べたのではないか。真鍋・塩飽を渡り歩く商人の話を聞いたのは、④に登場する日比・渋川の同業の商人であったかもしれない。

結論は、①は児島において詠まれ、②～④の三首は日比・渋川の辺りで詠まれた。その後、日比・渋川から至近の対岸である王越に渡り、白峰の崇徳院陵を訪れた。その後、⑤の三野津に着いたという歌をこの時のものと

考えれば、佐藤氏が言うように、海路で松山辺りから三野津に至ったと考えるのがよいと思う。

このように考えれば、日比・渋川から真鍋島に渡り善通寺を目指すというような無理な想定は必要なくなる。また、稲田氏が佐藤説を批判したように、①～④を往路と復路に無理に分けて考える必要もなくなるのである。

なお、『山家集』の④に続く牛窓での、

牛窓の瀬戸にあまの出で入りて、さだえと申すものを採りて、舟に入れ入れしけるを見て

さだえすむ瀬戸の岩壺もとめ出でていそぎしあまのけしきなるかな　（一三七六）

沖なる岩につきて、あまどものあはび採りけるところにて

岩の根にかたおもむきに並み浮きてあはびをかづくあまのむらぎみ　（一三七七）

については、鮑が春のものと考えれば、復路あるいは別時のものとなろう。『山家集』ではこれ以下、各地の漁に関する歌が並んでいるので、牛窓の二首は必ずしもこの時の詠ではないかもしれない。

さてその牛窓の近く、長船《おさふね》にも西行伝承がある。宝永六（一七〇九）年の『和気絹《わけぎぬ》』には、

一、西行腰懸石。同村に在り。西行法師諸国修行の時、こゝに来り、此石に腰かけしといへり。同人歌

長船にかちする音の聞ゆるはいかなる人のきとうなるらん

とある。[20]この歌は、長船は刀の産地であるから、長船に鍛冶《かじ》する音が聞こえる。それは、どんな人が鉄を打ち鍛えている音なのだろうか、というのが表の意味になる。岡田隆氏が、「この「かち」とは、刀の「鍛冶」と、舟（吉井川の水運）の「楫」とを掛けた語ではなかろうか。」と推察している通り、この歌には掛詞が潜んでいる。[21]「長船」の「船」から「楫《かじ》」を縁語で連想、楫の音が聞こえるのは、どんな人が来て問う（きとう）のだろうか、という二文脈目が形成されている。「鍛う」に「来問ふ」を掛けていると考えたい。「来問ふ」という用例も、

橘の花さく里にすまへどもむかしをきとふ人のなきかな　（和泉式部集・六九四）

と古くから見出せる。しかし、これだけではないだろう。さらに「加持《かじ》」「祈祷《きとう》」の掛詞が認められるのではないか。長船に加持する音が聞こえるのは、どんな人の祈祷なのだろうか。「鍛冶」「鍛う」という刀を作る行為が、あたかも「加持」「祈祷」のように神聖なものとして、祈りを込めたものとしてイメージされる。いかなる人の作とも分からないが、庶民の言葉の中に仏の言葉を見出す、一連の西行の瀬戸内詠の真髄を感知して作られた秀歌である。

注

（1）川田順『西行の伝と歌』（創元社、一九四四・一一）。
（2）後藤重郎校注新潮日本古典集成『山家集』（新潮社、一九八二・四）。
（3）注（1）に同じ。

（4）伊藤博之「『山家集』の世界」（秋山虔編『中世文学の研究』東京大学出版会、一九七二・七）。
（5）稲田利徳『西行の和歌の世界』（笠間書院、二〇〇四・二）所収「南海道の西行―海浜の人々への視線―」。
（6）この説話は、『三宝絵』上・七「流水長者」、『今昔物語集』巻第一二・一〇にも引かれている。
（7）新日本古典文学大系『梁塵秘抄』（岩波書店、一九九三・六）。
（8）久保田淳『新古今和歌集全注釈』六（角川学芸出版、二〇一二・三）に、この寂然歌の注釈の中で、同じ漁の殺生の歌ということでこの西行の「あみ」の歌があげられている。
（9）久保田淳『新古今歌人の研究』（東京大学出版会、一九七三・三）第一篇・第二章・第五節。
（10）大正蔵八三により、一部校訂し表記を私意に改めた。
（11）湯浅照弘『児島湾の漁民文化』（常民叢書12、日本経済評論社、一九八三・八）二〇頁に、児島郡灘崎町彦崎の四手網漁について、「漁場は八浜沖で、捕獲する魚種によって一〇種類の四手網を使用する。網目がそれぞれ異なる。雑魚四手網は長さ三間四方である。アミ四手網を使うのは、アミが児島湾に入ってくる漁期の最盛期の一一～一二月で、この頃には四手網にアミが一晩で四〇貫もとれることがある。アミは牛窓沖から児島湾に入ってくるともいわれ、牛窓沖でアミがとれだしてから一週間から一〇日後に児島湾に現われる。」との報告がある。アミ専用の網目の非常に細かい網が使用され、西行はそれを「袋」と表現したと想像される。
（12）川島秀一『漁撈伝承』（ものと人間の文化史一〇九、法政大学出版局、二〇〇三・一）、關敬吾「漁撈と祝祭」（柳田國男編『海村生活の研究』国書刊行会、一九四九・四）など参照。
（13）『山家集』一三七八～一三八一、一三八六～一三八八、一三九一～一三九八番歌。
（14）桶谷秀昭「明恵、数寄と菩提心」（『国文学』一九八三・三）。
（15）西澤美仁「西行伝承資料・集成稿1―その三〈香川1〉―」（『西行伝説の説話・伝承学的研究』平成一〇年度～平成一二年度科学研究費補助金基礎研究（C）（1）研究報告書、二〇〇一・三）、岡田隆『西行伝説を探る―西日本を中心に―』（朝日カルチャーセンター、二〇〇二・六）など参照。
（16）佐藤恒雄「西行四国行脚の旅程について」（『香川大学一般教育研究』三一、一九八七・三）。
（17）窪田章一郎『西行の研究』（東京堂、一九六一・一）、久保田淳『新古今歌人の研究』（東京大学出版会、一九七三・

三）。

(18) 注（1）に同じ。

(19) 注（5）に同じ。

(20)『吉備群書集成』一（吉備群書集成刊行会、一九二一・五）。なお、岡山県瀬戸内市長船町長船の慈眼院の西側、西行腰掛石があったとされる長船家屋敷跡に、この歌の歌碑が立てられている。二〇〇九年に建立されたもの。

(21)『西行伝説を探る―西日本を中心に』（朝日カルチャーセンター、二〇〇二・六）。

第六章　西行と海浜の人々

一　はじめに

西行は、瀬戸内や伊勢の旅において漁撈を取材した多くの歌を残している。前章では、その中の備前児島で詠まれた、

備前国に、小島と申す島にわたりたりけるに、あみと申す物とる所は、おのおのわれわれしめて、長き竿に袋を付けて、立てわたすなり。その竿の立てはじめをば、一の竿とぞ名づけたる。なかに年たかきあま人の立て初むるなり。立つるとて申すなることば聞き侍りしこそ、涙こぼれて、申すばかりなくおぼえて、よみける

立てそむるあみとる浦の初竿は罪のなかにもすぐれたるかな

（山家集・一三七二）

について、小魚の「あみ」に「阿弥」が掛けられていること。そして海人が「阿弥陀」の名を持つ魚を、阿弥陀の誓願を連想させる「立つる」という言葉をもって大量殺生する。それを罪の中でも「すぐれたる」と言っているのではないかと考えた。さらに、この旅で詠まれたこれに続く歌、

日比、渋川と申す方へまはりて、四国の方へ渡らんとしけるに、風あしくて、ほどへけり。渋川の浦と申す所に、幼き者どもの、あまた物を拾ひけるを問ひければ、つみと申す物拾ふなり、と申しけるを聞きて

おり立ちてうらたに拾ふあまの子はつみより罪を習ふなりけり　（山家集・一三七三）

においても、子どもたちがその無知ゆえに無邪気に「罪」の名を持つ「つみ」という貝を拾うことを詠み、また、

真鍋と申す島に、京より商人どもの下りて、やうやうのつみの物ども商ひて、また塩飽の島に渡り、商はんずるよし申しけるを聞きて

真鍋より塩飽へ通ふあき人はつみをかひにて渡るなりけり　（山家集・一三七四）

においては、商人がやはり「罪」の名を持つ「積み」のものを糧として海を渡ることを詠む。さらに、

串に刺したる物を商ひけるを、何ぞと問ひければ、はまぐりをほして侍るなり、と申しけるを聞きて

同じくはかきをぞ刺してほしもすべきはまぐりよりは名もたよりあり

（山家集・一三七五）

では、海産物を売る商人に問いかけ、売り物が乾しはまぐりであることを聞くのだが、牡蠣の方が柿の名に通じるから殺生の罪は軽い、だからそれを干して売るべきだと詠む。これらと合わせて、ここでは殺生の罪と同時に言葉に対する無自覚、無知の深い罪を詠んだのではないかと考えたのである。

そして特に「同じくは〜」の歌が海人に語りかける趣きを持つことから、「さらに想像を広げれば、こうした言葉の縁を利用して庶民に仏の名を説き、教えを説くことがあったのではないか。」と課題を残した。本章では、改めてこの課題について考えていきたい。

二　海人に語りかける西行

この瀬戸内での四首の詞書に明らかなように、西行は海人や商人に積極的に語りかけ問答している。「アミ」の歌の詞書についても「一の竿」などという専門用語を仕入れていることからも、こうした特殊な漁の形態について、海人たちから詳しく取材したのだろう。

ただし、その問答や取材を記した詞書に続く歌に関しては、実際に海人に向かって語り説いたことを歌としたものなのか、それともあくまで西行の内心を詠んだものなのか、という問題が残る。特に歌は罪をテーマとする

ものだけに、西行が殺生を犯す海人に対してどのような思いで接したのか、さらには殺生の罪に関して西行はどう考えていたのかという大きな問題に関わってくる。

まずこの問題を考えるにあたって、瀬戸内以外でも、西行が直接に海人に語りかけ、その問答の様子が窺えるものがあるので、それを検討してみよう。

伊勢の二見《ふたみ》での歌、

伊勢の二見の浦に、さるやうなる女のわらはどもの集まりて、わざとのこととおぼしく、はまぐりをとり集めけるを、言ふかひなきあま人こそあらめ、うたてきことなりと申しければ、貝合せに京より人の申させ給ひたれば、えりつつとるなりと申しけるに

いまぞしる二見の浦のはまぐりを貝合せとておほふなりけり　（山家集・一三八六）

二見浦で、子どもたちが集まっているところに西行は割って入っていく。西行は、それなりの身分のある子どもたちに対して、はまぐりを採ることを、「言ふかひなき」つまり下賤な海人ならともかくとした上で、「うたてきことなり」と諫める。西行は、身分のあるものと賤しい海人とを区別していることが窺えるのだが、こうしてそれなりの身分ある者には、厳しく殺生を糾弾することがあった。ところが歌では、都で貝合わせに用いていた貝殻が、「二見の浦」のものであった事に対する感慨を詠んでいる。都の貝合わせが、こうした殺生の上で成り立っていることを思うのであるが、諸注に指摘されているように、地名の「二見」には貝の「蓋」と「身」が掛けら

れていて、西行は、都の貝合わせで「おほふ」貝が、「蓋」の名を持つ地から来ていることに驚くのである。こうした諧謔を子どもたちに示したのか、ここではにわかに判定できないが、殺生の罪がこうした言葉の縁により回避されているようにも思われ、言葉の縁に重きをおく西行の発想がここでも確認できる。

次に、

新宮より伊勢の方へまかりけるに、三木島《みきしま》に舟のさたしける浦人の、黒き髪は一筋もなかりけるを呼び寄せて

としへたる浦のあま人こととはん波をかづきていくよ過ぎにき（山家集・一三九七）

黒髪はすぐるとみえし白波をかづきはてたる身には知れあま（同・一三九八）

これは、新宮から紀伊半島の沿岸を伊勢に向けて行脚する途中、三木島における歌である。詞書に「呼び寄せて」とあるように、白髪の海人をわざわざ呼び寄せて直接語りかけている。一首目の「としへたる〜」は、波の下にもぐるようになってから何年経つのかと海人に問うたもの。二首目の「黒髪は〜」の解釈については、諸説あるが、まず「白髪」と「白波」の見立てがあり、「かづき」に波にもぐる意と白波をかぶる意を掛けていることは間違いないであろう。二句目の「すぐる」の解釈で、黒髪がなくなる意とするもの、波が髪の上を通り過ぎる意とするもの、時間が経過する意とするものと、見解が分かれる。これについて私見では、初句の「黒髪は」は「白波を」に掛かると見て、また「すぐるとみえし」は白波を修飾すると考え、頭の上を過ぎる意とするのが妥当だと思う。つまり一首の意は、お前の黒髪は、その頭の上を過ぎていったと見えた白波をかづき尽して真っ白なの

だ、そういう身なのだと知れ、と解釈しておく。しかしこの歌でさらに問題なのは、「すぐる」の解釈よりも、「身には知れあま」と強い調子で訴えているが、何を知れと言っているかということである。諸注はあまり強調していないが、詞書の「黒き髪は一筋もなかりける」が歌の「はてたる」と響き合っていることに注目したい。つまり、あなたの黒髪は白波をかぶり続け、ついには完全に白くなり、もう白波をかづく髪、つまり白波が染める黒髪は、お前には一筋もない身なのだ、それを自覚せよと言っている。これがこの歌の眼目であろう。

ここでは、海人との問答の内容が歌そのものとなっている。こうした、白波が黒髪を長い年月を経て白く染めていったという、和歌的な発想により、白波が染めるべき黒髪は一本もないのだから、もう波にもぐるべき身ではない、漁つまり殺生をそろそろやめたらどうだと説いている。和歌的な言葉の諧謔を用いて、柔らかく海人に殺生戒を説いた、それを歌としたものである。

次のものは、筑紫のはらか漁を詠んだもの。

筑紫に、はらかと申すいをの釣りをば、十月ついたちにおろすなり。師走にひきあげて、京へはのぼせ侍る。その釣りの縄、はるかに遠くひきわたして、通る舟のその縄にあたりぬるをば、かこちかかりて、からけがましく申して、むつかしく侍るなり。その心をよめる

はらか釣るおほわださきのうけ縄に心かけつつ過ぎんとぞ思ふ
（山家集・一四五〇）

はらか漁のため、長く引きわたした縄を、舟が引っ掛けて通る。それに対し漁師は、都への献上物だからと、え

らそうに文句を付ける。こうしたどうにも困った場面で、西行の歌は、「縄に気をつけて通ります」と、二者の間に割って入って、文句をつけてきた漁師に謝る形の歌になっている。しかし、ここでただ気をつけますという歌がなぜ歌になるのか。諸注「縄」と「かけ」が縁語であると指摘しているが、つまりこの歌で言っているのは、「申し訳ないことに縄を掛けてしまいましたが、今度は心を掛けます」ということで、縄をかけると心をかけるという、この諧謔で難を逃れようとした歌である。ここでも、問答の内容が歌になっていて、さらに、前の三木島の歌と同様、こうした諧謔を庶民の中に持ち込み、問題を解決しようとする発想がみられる。

以上、三木島、筑紫において海人との問答を契機とした詠まれた歌は、問答の内容そのものであった。また、二見、三木島の歌により、西行は、実際に殺生について海人に説くことがあり、そしてそれは、二見と貝の「蓋」「身」の掛詞、白波と白髪の見立て、というように和歌的諧謔を伴うものであった。筑紫の歌の縄を引っ掛けると心を掛けるという諧謔を含めて、和歌的な発想を海人の中に持ち込んでいこうとする態度が見られる。(1)

こうしたものと考え合わせると、先の瀬戸内においても、諧謔をもって殺生について海人に説くことがあったとしても不思議ではなく、西行が海人との問答の中での内容を歌にしているという読みの可能性も無視できないのである。

三　西行が接した海人

さて、一方で西行が問答した海人というのは、どのような身分の人々だったのか。また、その人々の殺生戒に対する意識はどのようなものであったのだろうか。特に院政期における殺生禁令の状況から垣間見ておきたい。

殺生を禁止する法令は、古代の律令国家時代より、繰り返し出されてきたが、院政期以降、農民漁民に現実的な規制として急速に拡大する。(2)特に、白河院の時、大治元（一一二六）年からその崩御の年の同四（一一二九）年まで、天下に厳しい殺生禁令が下された。その時の様子は、例えば『今鏡』第二「釣せぬ浦々」では、次のように記されている。

また生きとし生けるものの命を救はせ給ひて、かくれさせ給ふまでおはしましき。五月の狭山に照射する賤の男もなく、秋の夕暮、浦に釣する海士も絶えにき。おのづから網など持ちたる海士の苫屋もあれば、取り出だして、拷縄《たくなわ》の残るもなく煙となりぬ。持たる主は言ひ知らぬめどもみて、罪をかぶる事かずなし。神の御厨屋《みくりや》ばかりぞ許されて、形のやうに供へて、その外は、殿上の台盤なども、六斎にかはることなかりけり。

このように、この時に漁をする海人は絶え、網は徹底的にことごとく焼かれた。また、『十訓抄』六‐一九には、この禁制の中で、魚しか食わぬ老いた母のために殺生を犯す僧の話が載せられているが、その中にも、

殺生の禁断、世にもるるところなし。いかでかその由を知らざらむ。いはむや法師の形として、その衣を着ながら、この犯をなすこと、ひとかたならぬ咎、のがるるところなし。

とあるように、その禁制は津々浦々に行きわたり、重大に罰せられたことが窺える。

一方で、白河院のこの禁断令において、先の『今鏡』に「神の御厨屋ばかりぞ許されて」とあるように、神社、

宮廷に貢納するために活動する神人漁民の漁業権は殺生禁断令の適用から除外された。そして、この殺生禁制によって、逆に村落上層民が神人・寄人・供御人《ぐごにん》化され、殺生が容認される特権を持つようになるのである。

改めて『山家集』の西行の海浜の歌々を見てみると、瀬戸内での「真鍋と申す島に、京より商人ども下りて」（一三七四）、二見での「かひあはせに京より人の申させ給ひたれば、えりつつとるなりと申しけるに」（一三八六）、筑紫での「しはすにひきあげて、京へはのぼせ侍る。」（一四五〇）のように、その見聞した漁の多くは、都へ献上するための漁である。この他にも、

牛窓の瀬戸にあまの出で入りて、さだえと申すものを採りて、舟に入れ入れしけるを見て

さだえすむ瀬戸の岩壺もとめ出でていそぎしあまのけしきなるかな　（一三七六）

沖なる岩につきて、あまどものあはび採りけるところにて

岩の根にかたおもむきに並み浮きてあはびをかづくあまのむらぎみ　（一三七七）

伊良子へ渡りたりけるに、いがひと申すはまぐりに、あこやのむねと侍るなり。それをとりたる殻を高く積み置きたりけるを見て

あこや採るいがひの殻を積み置きて宝のあとを見するなりけり　（一三八七）

沖の方より、風のあしきとて、かつをと申すいを釣りける舟どものかへりけるに

伊良子崎にかつを釣り舟並び浮きてはがちの波に浮かびつつぞ寄る　（一三八八）

宇治川をくだりける舟の、かなつきと申す物をもて、鯉の下るを突きけるを見て

宇治川の早瀬おちまふ漁舟のかづきにちがふ鯉のむらまけ　（一三九一）

秋風にすずき釣舟走るめりそのひとはしのなごりしたひて　（一三九六）

この中に見える「さだえ（さざえ）」「あはび」「あこや貝」「かつお」「鯉」「すずき」は神社、都に献上される海産物として知られているものである。(3) 西行が目にした漁の現場は、海人自らが食すための漁というよりは、都に売る商売のための漁であった。ここでの海人は、最下級の海人ではなく、漁を特権的に許された神人・寄人・供御人漁民たちであると思われる。

しかし、仏教の側からのこうした特権に対する反発は根強く、苅米一志氏は「寺院側の殺生禁断は実力行使をともなっており、特権的な狩猟・漁撈活動は、神祇供祭の論理だけでは守りきれないものだったのである。」と指摘する。(4) このように、西行が海浜を旅した時代は、津々浦々の海人の間にも殺生禁制が広まり、一方で殺生を許される特権的な階級が生まれ、逆に漁場が開発されていく時代であった。それでもやはり、仏教側からの殺生禁制の動きは強く、罪悪感そして堕地獄の恐怖を伴いながら、漁民たちは、こうした思想の板ばさみの中で生きていたと言えよう。

では実際に西行が訪れた、先の児島湾のアミ漁は、どのような性格を持っていたのであろうか。これに関しての資料は少ないが、小川博『海の民俗誌』所収「児島湾の漁撈民俗」(5) の「付記」（土井卓治氏記）に次のような覚書がある。

カシキの名称にマエザオ・コオリザオなどの呼称があり、阿津の小磯氏の教示によれば、海中に一列にならんでいるのを総称してサオとよぶという。西行法師の歌にある「たてそむる……初ざを……」のさをは釣竿のようなものではなくて、カシキのさをを指したかもしれないとの思いつきについて、小磯氏もそう思うとのことであった。ただ当時のカシキが後のような木材であったか、竹材であったかは問題であり、またその頃、カシキの網のような網があったかどうか。

このように、西行の見たアミ漁は、児島湾に古くから伝わるカシキ網漁に近いものであったのではないかと推測されている。また、その竿（杭）を設置する作業の様子について、湯浅照弘氏の報告[6]によれば、

阿津地区では、村中の人が力を合せて行った。四隻の船に分乗した百人以上の人が一本の杭を打込むのに六時間以上もかかったという。

また、

八浜地区のタテガシは、潮の流れが早いところでは、海底に杭を打ち、縄を張っていた。（中略）カシ杭を打ちこむ作業は、船を二艘をだし四ヶ所に枠をこしらえ、一カ所四人づつ分担して合計一六人でカシ杭を打込むオモシをあげたり、おろしたりする。これに棟領が真中にいて采配をふって、その指図で網をあげたりお

ろしたりする。

というように、場所によって規模の違いがあるが、大がかりな作業であり、西行が詞書で描いている「年たかき海人」が指揮する大規模な竿を立てる作業を彷彿とさせる。そして、このカシキ網漁の由来について、前掲小川書に次のような報告がある。

この漁撈の由来については、太閤秀吉がアミを食してその美味を賞しカシキの特典を認めたとか、朝鮮出兵のおりに宇喜多秀家が朝鮮海岸より覚えてきたものとか伝えられ、秀吉の特典についての書き物が北浦の箱崎八幡宮に伝わっていたが、明治維新の頃か火災のためになくなり、その写しが北浦で誰かがもっている筈であるが、その所持者は不明であるといわれる。

あるいは、その「付記」に「阿津のかしき網の由緒」として次のような伝承も載せている。

阿津の小磯昇氏の覚書によると次のようである。古老の伝えに、遠く仁安（一一六七）の昔、西行法師讃岐の白峰に参詣する途中、児島の小串・北浦などに立寄り、その時長い竿を海岸の少し沖に立て、それに網の袋をつけて、潮の干満によりアミその他の小魚を漁獲していたという。

また、一説には天正十年（一五八二）織田信長は秀吉に命じ中国征伐をした時、毛利方の将清水宗治が守る高松城水攻の際、東児島の漁夫に命じて多数の雑木を北側の海中に立て軍船の帆柱と見せかけた。高松城落城の後、その恩賞として漁夫等に立木を下げ渡され、周辺の漁獲を許されたのが樫木漁の始めと伝えている。

西行の歌の他、起源として秀吉の朝鮮出兵の際の話が記されている。これが事実かどうかは別として、「あみ」が古くから都に知られ、また、こうした大規模な漁であることからも、古来特権的に漁を許された浦であったことを物語っているのではないか。

以上のように、西行が接した海人というのは、最下級の海人ではなく、特権化された上層漁民たちであり、彼らは、殺生禁制にさらされ特権的に漁を行いながらも、仏教側から迫られる罪悪意識、堕地獄の恐怖に怯えながら、その罪悪感を回避できる論理を求める人々でもあった。こうした上層漁民は西行にとって殺生について説くに足りる存在であった。

四　西行の殺生観と唱導

こうした中で、西行は海人の殺生に関してどのような考えをもっていたのだろうか。西行の漁撈を詠んだ歌はすべて殺生をテーマとしたものではなく、前節に引いた「さざえ」や「かつお」の歌のように、むしろその漁の様を生き生きと活写したものが多い。西行が海人の殺生に対して、一律に厳しい態度で臨んでいるとは考えにくい。しかし一方、これまで見てきたように、殺生についての歌が所々に見られるのである。

串に刺したる物を商ひけるを、何ぞと問ひければ、はまぐりをほして侍るなり、と申しけるを聞きて

同じくはかきをぞ刺してほしもすべきはまぐりよりは名もたよりあり（山家集・一三七五）

先にもあげたこの歌から、西行の殺生に関する考え方の方向性を垣間見ることができるのではないか。同じことなら「はまぐり」よりも「かき」をというのは、殺生を完全に厳密に否定する論理ではない。例えば次のような説話と比較すれば、その違いは明らかである。

東大寺の上人春豪房、伊勢の海いちしの浦にて、海人はまぐりをとりけるを見給ひて、あはれみをなして、みな買ひとりて海に入られにけり。（古今著聞集・巻二〇・六九二）

あるいは、

ある聖、船に乗りて近江の湖を過ぎけるほどに、網船に大きなる鯉をとりて、もて行きけるが、いまだ生きてふためきけるをあはれみて、着たりける小袖を脱ぎて、買ひ取りて放ちけり。（発心集・第八・一三）

ここには、漁獲されたものをすべて買い取り放生する僧の姿が描かれている。これらの僧は、放生という自らの功徳を積むことに行き着くが、西行の場合は、その商売の行為を殺生として咎めつつも、その行為を一方で容認

する論理を編み出そうとしている。つまり、「はまぐり」を売るよりは「牡蠣」が「柿」に言葉の縁として通じるから、それを売るべきだと言う。「牡蠣」と「柿」という言葉の諧謔によって、この商人の罪を軽くし、わずかでも救おうという姿勢をここに見て取るべきではないか。海人が殺生をしつつ救われる論理をなんとか見出そうとしているのである。

前節で見たように、海人は殺生の容認と否定の間の板ばさみの中にあったが、仏法の側から殺生を方便により容認することをテーマとする説話が、中世以降見られるようになってくる[7]。その中に、こうした言葉の諧謔を利用して殺生容認の論理を語った説話がある。『沙石集』巻第六は、説教師の逸話が並べられている巻だが、その第六話、

大津ノ海人共仏事シテ、説教師アマタ、タビタビ請ジテセサセケレドモ、多ク心ニカナワズ。或説経師、心ヱテ望テシケレバ、「各ノ近江湖ノ鱗トリ給フ事ハ、目出度キ功徳也。其故ハ、此湖ハ天台大師ノ御眼ナリ。仏ノ御眼ノチリヲトルハ、ユユシキ功徳トナルベシ」ト云ケレバ、随喜シテ布施物多クシケリ。

又北国ノ海辺ニモ、海人寄合テ堂ヲ立テ供養スルニ、導師心ニ不レ叶。或僧心ヲシリテ供養シケレバ、「此諸檀那、必往生シ給ベシ。其故ハ、念仏ハ往生ノ正因也。シカモ不断ニ申サムニヲキテハ、決定往生不レ可レ有レ疑。然ニ諸施主ハ、自ラ不断ノ念仏ヲ申給ナリ。朝ナタナ、面々ニ網ヲモテ、「アミアミ」ト、ノ給ヘバ、波ガタブタブトナル。コレ、イツモ阿弥陀仏ト申シ給ニコソ、難レ有ケレ」ト云ケリ。悦テ一期ノ財宝ヲアゲテ布施シケリ。布施ヲ望ンデセバ、邪見ノ説法也。若菩薩ノ同事ノ行ニ心ヲ存テ、漸クコシラヘテ、滅罪生善ノ道ニ入レン方便ナラバ、アマサカサマノ事モ、トガアルベカラズ。

前半は、近江大津の海人の仏事において、ある説教師が、琵琶湖は天台大師のまなこであるから、その魚を採ることは、まなこの塵を採ることになる。だからめでたき功徳になる、と説いたもの。問題は、その後半である。海人の堂の供養に説教師が呼ばれるが、「心にかなわず」と海人たちの納得できるような説法がなかなか聞かれない。殺生をする者たちの仏事については、説教師も、どう説けばよいか難しい問題だったことが窺われる。しかし、そこにある僧が現れ、海人は日々に「あみあみ」と言って網を投げ、そのもとで波が「だぶだぶ」と鳴る。だから常に日々不断に「阿弥陀仏」と唱えていることになる。よって往生は間違いないと説き、海人たちは大いに喜んで、一生分の財産を布施したというのである。海人は常に殺生を犯すものだが、無意識にも不断に念仏を唱えている。そう説くことによって、海人たちは喜び、仏道に帰依することになる。これは、無明の海人をなんとか真実の道に導くための方便であり、庶民の立場におりて法を説くという菩薩の行であるというわけである。

さてこの中に見える、「あみだぶ」の諧謔も、『和泉式部集』の、

網ひかせてみるに、網ひく人どもの、いとくるしげなれば
あみだぶといふにもいをはすくはれぬこやたすくとはたとひなるらん　（六六九）

や、『成尋阿闍梨母集』、

よさり、くるしうてうちふしたれど、ねられねば

あみだぶのたえまくるしきあまはただだいをやすくこそねられざりけれ　（四六）

というように、すでの和歌の中に古くから見られる表現であった。

漁の道具としての「網」、波の擬音語の「だぶ」に「阿弥陀仏」を掛けた和歌的諧謔は、海人を仏道へ導くための方便としての役割を担っている。海人の言葉を諧謔によって「阿弥陀」に結び付け、仏道に導く。そうした僧が特殊な例であっただろうが実際にあったことが知られるのである。和歌的諧謔が、海人が殺生をしつつも救われる論理として利用されているのである。

また、これと似た説話に『今昔物語集』巻四「執師《しふし》子国渚寄大魚語第三七」がある。

今昔、天竺ノ執師子国ノ西南ノ極目ニ幾許ト不知ズ、絶タル島有ケリ。其ノ島ニ人ノ家列リ居タル事、五百余家也。魚ヲ捕テ食フヲ役トシテ、仏法ノ名ヲダニ不聞ズ。

而ル間、数千ノ大魚、海ノ渚ニ寄リ来レリ。島ノ人此レヲ見テ、皆喜テ近ク寄テ伺ヒ見ルニ、其ノ魚一々ニ物云フ事、人ノ言ノ如クシテ、「阿弥陀仏」ト唱フ。諸ノ海人、此レヲ見テ其ノ故ヲ不悟ズシテ、只、魚ノ唱フル言ニ准ヘテ、阿弥陀魚《あみだうお》ト名付ク。亦、海人等、「阿弥陀魚」ト唱フルニ、魚漸ク岸ニ近ク寄レバ、海人頻ニ唱ヘテ魚ヲ寄ス。寄ルニ随テ此ヲ殺ト云ヘドモ、逃ル事無シ。海人其ノ魚ヲ捕ヘテ食フニ、其ノ味ヒ甚ダ美シ。此ノ諸ノ海人、数多ク唱タル人ノ為メニハ、其ノ味ヒ極テ美也。数少ク唱ヘタル人ノ為ニハ、其ノ味ヒ少シ辛ク苦シ。此ニ依テ一渚ノ人、皆嗜ニ耽テ、「阿弥陀仏」ト唱ヘ給ヘル事無限シ。

執師子国の西南の孤島に漁を糧とする仏法の名をさえ知らない人々が住んでいた。あるとき大魚の大群が押し寄せ、その魚は口々に「阿弥陀仏」と言っていた。人々はその真意も分からず「阿弥陀魚」と名づける。「阿弥陀魚」と唱えると魚は近づき、また、多く「阿弥陀魚」と唱えた人々には一層美味に感じられた。よってこの渚の人は常に「阿弥陀仏」と唱えていた。後半、

然ル間、初ニ魚ヲ食セシ人一人、命尽テ死ヌ。三月ヲ経テ後、紫ノ雲ニ乗テ光明ヲ放テ海浜ニ来テ、諸ノ人ニ告テ云ク、「我レハ此レ、大魚ヲ捕シ人ノ中ノ老首也。命終シテ極楽世界ニ生レタリ。其ノ魚ノ味ニ耽テ、阿弥陀仏ノ御名ヲ唱ヘタリシ故也。其ノ大魚ト云ハ、阿弥陀仏ノ化作シ給ヘリケリ也ケリ。彼ノ仏我レ等ガ愚痴ヲ哀テ、大魚ノ身ト成テ念仏ヲ勧メ、我ガ身ヲ被食レ給ケル也ケリ。此結縁ニ依テ、我レ浄土ニ生レタリ。若シ此レヲ不信ザラム者ハ、正シク其ノ魚ノ骨ヲ可見シ」ト告テ去ヌ。諸ノ人皆歓喜シテ、捨置シ所ノ魚ノ骨ヲ見ルニ、皆是蓮華也。此レヲ見ル人、皆悲ビノ心ヲ発シテ、永ク殺生ヲ断ジテ阿弥陀仏ヲ念ジ奉ル。其ノ所ノ人、皆浄土ニ生レテ人無シ。

はじめにこの阿弥陀魚を食べた「老首」の海人が死去して極楽往生する。そしてこの阿弥陀魚が阿弥陀仏の化身であることを人々に告げる。そして人々は殺生を断じて阿弥陀仏を念じ、すべての島の人が往生したという。

この説話の出典は『三宝感応要略録』「第十八阿弥陀仏作大魚身引接漁人感応」で、『外国記』に拠ったものである。(8)類話が『法華百座法談聞書抄』三月九日条、また『三国伝記』巻六・第二二にも見える。『法華百座法談聞書抄』では、その大筋は変わらないが、そこでは、魚の大群を漁獲していたところ、一つの魚が手からすべり

落ち取り逃がしそうになったところ思わず「阿弥陀仏」と声をあげた。するとその魚が手元に戻った。そこで人々は「阿弥阿弥〳〵」と唱えて魚を獲るようになった、というように違いがみられる。山内洋一郎氏は、先にも引用した、『和泉式部集』の、

　　網ひかせてみるに、網ひく人どもの、いとくるしげなれば
　あみだぶといふにもいをはすくはれぬこやたすくとはたとひなるらん　（六六九）

は、阿弥陀魚説話を背景としたもので、この説話は『三宝感応要略録』成立以前に渡唐僧により日本に入って法会で語られ、和泉式部の耳にも入っていたのではないかと指摘する。(9)阿弥陀魚説話を背景におけば、和泉式部の歌は、「阿弥陀魚説話では、アミダブと唱えることによっても魚を掬うことができた。いま網を引く人々が苦しげなのを見ると、（アミダブと唱えるのとは違うが同じように「網をだふ」と海に投げ入れても一向に掬えないので、）この説話で仏が漁師を助けるというのはやはり譬え話にすぎないのであろうか。」というように理解できる。となれば西行も知っていた説話である可能性は高い。

　では、この説話と冒頭にあげた児島のアミ漁の歌との関係はどうだろうか。共通点をあげてみると、漁を専らにする島という環境であること。「あみ」という魚と「阿弥陀魚」。それが小魚と大魚の違いはあれ、大群であること。「年たかき海人」と「老首」。意外と共通点が多いように思う。「あみ」という魚はまさしく阿弥陀の名を持つ魚であり、人々を殺生の重罪から救う阿弥陀の化身である。阿弥陀の名を知らない海人たちは、それを喜んで殺生するが、その長老はやがて極楽往生し、人々に阿弥陀の本来の姿を説き、人々は殺生を断ち救われる。こ

うした説話の風景を児島のアミ漁の風景に重ね合わせて見たのではないか。阿弥陀の名を持つ「あみ」を殺生することは「すぐれたる」重大な無知の罪であると歌に詠んでいるが、それを機縁としてやがてこの浦の海人たちは阿弥陀の名を知ることとなり、そして極楽に導かれる。そうした機縁がこの罪にはある。それを含めて「すぐれたる罪」つまり「格別で重大な罪」と言っているのかもしれない。ともかく、こうした筋書きの中で、西行はこの浦の人々に「あみ」と「阿弥陀」の諧謔によって阿弥陀による殺生の重罪の救済を説いた、そうした実際の現場があったのではないかと想像するのである。

さて、以上のように阿弥陀が愚鈍な海人の救済にたびたび登場するのであるが、西行における、阿弥陀信仰においても、重罪人の救済という側面が見出だせる。『聞書集』に見られる「十題十首」のうち、前半の四首が以下のようにまとまって海に関するモチーフで詠まれている。

　末法万年、余経悉滅、弥陀一教、利物偏増
むろをいでしちかひのふねやとどまりてのりなきをりの人をわたさん　（三五）

「のり」に船に「乗る」意と仏法の「法」を掛け、末法における阿弥陀の救済を説いたもの。次の、

　一念弥陀仏、即滅無量罪、現受無比楽、後生清浄土
いろくづもあみのひとめにかかりてぞ罪もなぎさへみちびかるべき　（三六）

は、漁の「網」に「阿弥陀」を掛け、阿弥陀信仰による滅罪を説く。

極重悪人、無他方便、唯称弥陀、得生極楽

波わけて寄するをぶねしなかりせばいかりかなはぬなごろならまし　（三七）

これは波を分けて寄る船を、阿弥陀にたとえ、船の「いかり」に「怒り」を掛け、「極重悪人」の救済を説いたもの。

若有重業障、無生浄土因、乗弥陀願力、即往安楽界

重きつみに深き底にぞしづままし渡すいかだののりなかりせば　（三八）

先と同じように「乗り」に仏法の「法」を掛け、これも阿弥陀による「重業障」の救済を説いている。

四首には、阿弥陀信仰による罪・極悪人・重罪人の救済が説かれていて、そこに、仏教語と海浜の語との掛詞・比喩を駆使して詠んでいる。海を渡す船・筏は極楽へと渡す阿弥陀の法（乗り）であり、魚を救う網は、阿弥陀の救いの手とイメージさせる。あるいは、この四首は漁の殺生を所業とする海人の救済を念頭に置いたものであったかもしれない。

また、同じく『聞書集』の地獄絵の歌の中には、

阿弥陀の光、願にまかせて、重業障の者をきらはず、地獄を照したまふによ
り、地獄のかなへの湯、清冷の池になりて、蓮ひらけたるところをかきあら
はせるを見て

光させばさめぬかなへの湯なれども蓮の池になるめるものを　（二一四）

とあり、やはり重罪悪人の阿弥陀の救済を詠む。

このように、西行には極重悪人の救済者としての阿弥陀への信仰があり、殺生を糧とする海人に阿弥陀信仰を説くことは十分に考えられるだろう。

五　おわりに

以上、瀬戸内においての海人との問答を記した詞書を持つ、

立てそむるあみとる浦の初竿は罪のなかにもすぐれたるかな　（山家集・一三七二）
おり立ちてうらたに拾ふあまの子はつみより罪を習ふなりけり　（同・一三七三）
真鍋より塩飽へ通ふあき人はつみをかひにて渡るなりけり　（同・一三七四）
同じくはかきをぞ刺してほしもすべきはまぐりよりは名もたよりあり　（同・一三七五）

の四首について、この中の「あみ」「つみ」「かき」といった諧謔表現は、単に西行の和歌表現の趣向ということではなく、海人に向けられた言葉としてあった、ということを周辺資料から考えてきた。西行にとって諧謔表現は、海人に仏の名、仏の教え、その救いを説く大事な一つの方法であったからこそ、こうした海人との問答の中で諧謔的な歌を詠むのだと考えたい。ただし、これらの歌そのものをこのままの形で、海人に詠みかけたということを言おうとしているのではない。前節で考えたように、阿弥陀の名を持つ「あみ」から阿弥陀による殺生の救済を説く。あるいは、「つみ」を拾う子どもを指差しながら、また、「積み」荷を載せていく商人の船を示しては、大人たちに殺生の「罪」について説く。あるいは、「はまぐり」よりも「かき」を売った方が殺生の罪は軽いと、実際に海人にそうしたことを説いた。言葉の諧謔を利用して人々に仏道を説く、諧謔表現が海人を仏道へ導く方便として生きている。そうした現場の上に成り立つ作品であるということである。

伝承世界での西行は、庶民との問答、歌の応酬など、庶民との深い関わりのなかで生きているが、実西行も真摯な求道者の側面ばかりではなく、庶民の中に和歌の言葉、発想をもって割って入りこもうとする側面をやはり持っていたのだと思う。実西行と伝承の中での西行は別物ではあるけれども、この点においては、深い水脈でつながっているように思われる。

注

（1）こうした、西行と庶民の関わりの中で生まれた和歌に関しては、稲田利徳『西行の和歌の世界』（笠間書院、二〇〇四・二）第二章第七節「西行と庶民―問答からの詠歌契機―」の中で、その多くは「言葉の多義性を駆使したり、奇抜な比喩などを用いた諧謔的な内容の歌」であることを指摘されている。

（2）以下、殺生禁制については、苅米一志「日本中世における殺生観と狩猟・漁撈の世界」（『史潮』四〇、一九九六・

一一）、小山靖憲「初期中世村落の構造と役割」（歴史学研究会／日本史研究会編『講座日本史』2、東京大学出版会、一九七〇・五）、保立道久「中世前期の漁業と庄園制―河海領有と漁民身分をめぐって―」（『歴史評論』三七六、一九八一・八）、平雅行「中世異端の歴史的意義」（『史林』六三・三、一九八〇・五）などを参照した。

（3）澁澤敬三「祭魚洞襍考」（『澁澤敬三著作集』第一巻、平凡社、一九九二・三）。

（4）注（2）引用の苅米一志「日本中世における殺生観と狩猟・漁撈の世界」。

（5）小川博『海の民俗誌』（名著出版、一九八四・一二）「児島湾の漁撈民俗」。初出は、「旧児島湾の漁撈民俗覚書」（『岡山民俗』四二、一九六〇・八）。カシキ網漁について以下のような詳しい報告もある。「これは八浜・甲浦（北浦・郡）・小串（小串・阿津）の町村の人々によって所有され、比較的浅い海で干満潮流を利用する網漁業である。これは湾内の適所にアベマキの全長五〇尺、直径一尺の丸太（サオともいう）を海底に五〜八尺埋め、ネツギという補強のための一三尺の棒を二本ではさむように設定し、三間の間隔をおいて並べ（その二本のカシキを一丈という）、満潮時に海面上に三尺出るように立て、その間にカシアミと呼ぶ一五〜二〇ヒロくらいの袋網を干満潮流毎に裏表の両方を使うように張るのである。その袋口は幅三〜八ヒロ、高さ三〜六ヒロの長方形で、モジ網を袋尻に使用し、そこにウケをつけた。（中略）ウナギ・エビ・シラウオ・アカウオ・ツナシ・セイゴ・アミなどの比較的遊泳力の弱い小魚、クラゲやえさにするヒールなどをとり、漁師二〜四人乗りの舟で網五統くらいを受持ってヒトシオ毎に網を上げて漁獲した。」

（6）湯浅照弘『岡山県漁業民俗断片録』（海面書房、一九七七・六）「岡山県旧児島湾のカシキ網漁業」三五二頁〜三五四頁。

（7）林恒徳「〈殺生放生説話〉の成立と展開」（『国語と国文学』五七六、一九七二・二）。

（8）大正蔵五一・八三一c二三以下。

（9）山内洋一郎「阿弥陀魚説話考―和泉式部歌集と百座法談と―」（『中世文芸』四六、一九七〇・三）及び同「法華百座聞書抄の説話」（小林芳規編『法華百座聞書抄総索引』武蔵野書院、一九七五・三）。その他、阿弥陀魚説話については、梅谷繁樹「阿弥陀魚説話の流れ―中古から近世へ―」（池上洵一編『論集　説話と説話集』和泉書院、二〇〇一・五）がある。

第三部

慈　円

第七章　慈円『法華要文百首』と法華法

一　はじめに

慈円『法華《ほっけ》要文《ようもん》百首』は、慈円の所謂「法楽百首」の一つで、石清水八幡宮に奉納されたものである。成立は、承久元（一二一九）年十月頃とされる。[1]「法楽百首」の一つであるとともに、『法華経』二十八品の句を題とした法文歌百首でもあり、俊成や西行の「法華経二十八品歌」、或いは、同じく百首形式の寂然『法門百首』『尊円親王詠法華経百首』などを始めとした、多数の『法華経』題を中心とする法文歌の中に位置づけられる。この百首歌の分析により、慈円における和歌と仏教の関わり方を探ってみたいが、本章では、まずは専ら『法華経』二十八品から抜き出された百首題を考察の対象とする。ここに、それまでの「法華経二十八品歌」とは異なる特質が見られるからである。

二　『法華要文百首』題と『法華別帖』「要文」との関わり

『法華要文百首』は、俊成、西行を始めとした先行の法華経和歌の題との重なりを見る事ができるのであるが、先行題との関わりから考える前に、「要文」ということをおさえておく必要があろう。即ち『法華要文百首』序文の末尾には、

> 於戯法花百句之要文、詞花十々之風月、今以二麁言一深転二法輪一、雖レ似二狂言一又通二実道一。故妙法八軸之中、二十八品之内、取二百句一為二百題一其詞云

とあり、傍線部に示されている通り、この百首の題は『法華経』の「要文」を抜き出したものであると言っている。法華経和歌の中で、題について「要文」と言ったものは他に見出し難く、この点から、慈円のこの法華経和歌の特質を考えられないだろうか。慈円はどのような意識を以て、また何を拠り所にして、これらの「要文」を選び出したのか。また、ここでの「要文」とは、いかなる性質のものであるのだろうか。

『法華経』の「要文」ということに注目し、慈円の著作を見渡すと、事相に関する文献の中の、「法華法」について記した『法華別帖《ほっけべっちょう》』(2)に、『法華経』の「要文」が列挙されている箇所があることに気づく。『法華別帖』は、承元四（一二一〇）年には成立していたとされ、『法華要文百首』より前の成立となる。「法華法」とは、『法華経』の密教的供養法で、目的は、息災、増益、延命、滅罪などであるが、慈円の場合、藤原氏の繁栄と後鳥羽院の長寿延命がその中心となるという(3)。慈円は生涯、十三度の「法華法」を修している(4)。

以下、『法華別帖』の「要文」が列挙されている箇所をA、B、Cと三カ所示し、それぞれについて、百首題との関わりを検討していく。この三カ所は、いずれも「法華法」における護摩の作法次第を記した箇所である。護摩の中で、護摩木を投じる際に唱える文句として「要文」が挙げられている。

A、（二六四・二六五頁）(5)

本尊段合物之時ハ、比丘偈暗誦シタラバ比丘偈一反自我偈一反ト令テレ誦、其間令レ投二合物一タラバ尤宜カリナム。但久カリヌベクハ本迹要文ハ尤可レ用。仍①比丘偈之中ニハ

②聾聞若菩薩　一行　③十方佛土中　一行

④諸法従本来　一行　⑤度脱諸衆生　一行

⑥諸佛両足尊　一行　⑦是法住法位　一行

⑧諸佛興出世　二行

是等文尤可也。先　⑨十如是尤可レ用

⑩自我偈ノ次ニハ

⑪如来如實知見三界之相無有生死

⑫於我滅度後　一行

⑬勧発品　四要法文　是等尤可加歟

委セバ二十八品要文等。只可レ在二人心一

二重傍線部分に「要文」とあるのが確かめられる。各「要文」に番号を付して示したが、以下、題との関わりを一々について検討していきたい。必要な箇所は、歌を挙げて検討する。『法華要文百首』の本文、歌番号は『校本拾玉集』により、（　）内に『新編国歌大観』の歌番号を記す。

引用部分の冒頭において、「比丘偈《びくげ》」「自我偈《じがげ》」を誦するのが最もよいと言っているが、傍線部分「但久カリヌベクハ」として、以下の「要文」を用いよと指示している。

①「比丘偈」は、方便品「比丘比丘尼」（上・一〇〇）(6) から始まる偈のことを言う。百首題では、八題が「比丘偈」からとられている。以下、②～⑧は、「比丘偈」の中の「要文」である。

②「聾聞若菩薩　一行」（方便品・上・一〇四）とあるが、この「一行」とは、『法華別帖』の中で「一字一句一偈一行」という言い方が見え(7)、「一偈」と同等或いはそれより長い範囲で、以下に続く何句かを含めて指していると思われる。「聾聞若菩薩」以下は、「聾聞若菩薩。聞我所説法。乃至於一偈。皆成佛無疑。十方佛土中」と続き、「聾聞若菩薩」から五句目に、次の③の「十方佛土中」があるので、ここでは、「聾聞若菩薩」から始まる四句、即ち「皆成佛無疑」までの範囲を示していると考えられる。以下も、「一行」とは偈の場合、およそ四句を指すと考えておく。この②においては、直接百首題と関わりはない。

③「十方佛土中　一行」（方便品・上・一〇六）は、「十方佛土中。唯有一乗法。無二亦無三。除佛方便説」の範囲を示すと思われ、この中の傍線を付した「唯有一乗法」が、二六三一（二四一九）番歌の題と重なる。また、これに対して詠まれた歌は、

いづかたものこさず行きてたづぬとも花はみのりのはな計こそ

であるが、「いづかたも」と題の直前の「十方佛土中」から視野に入れて詠んでいることが分かる。

④「諸法従本来 一行」（方便品・上・一一〇）、即ち「諸法従本来。常自寂滅相。佛子行道已。来世得作佛」の内「常自寂滅相」が、二六三三（二四二二）番歌題と重なる。詠まれた歌は、

むかしより心のどかに行舟はまどひし浪のするゑをしぞ思ふ

であるが、「むかしより」は「従本来」を、「するゑ」は「来世得作佛」を踏まえて詠んだものだと思われる。

⑤「度脱諸衆生 一行」（方便品・上・一一八）、即ち「度脱諸衆生。入佛無漏智。若有聞法者。無一不成佛」の中で直接題と関わる句はないが、傍線部「若有聞法者」との類似句「若有聞是法」（方便品・上・一一八）が、二六三五（二四二三）番歌題に見える。この前後四句を示せば、「於諸過去佛。現在或滅後。若有聞是法。皆已成佛道」で、下二句の内容はほぼ同じである。また、歌は、

こえてみな仏のみちに入る浪はこののりをきくするゑの松山

で、「入る浪」という表現があり、「入佛無漏智」とある『法華別帖』の箇所の方が題としてふさわしいとさえも思われる。

⑥「諸佛両足尊 一行」（方便品・上・一一八）、即ち「諸佛両足尊。知法常無性。佛種従縁起。是故説一乗」の内、

「知法常無性」が二六三六（二四二四）番歌の題と重なる。歌は、

難波がた深き江よりぞ流れけるまことをしるす水ぐきのあと

で、「深き江よりぞ流れける」は「従縁起」を踏まえていると思われる。

⑦「是法住法位　一行」（方便品・上・一二〇）、即ち「是法住法位。世間相常住。於道場知已。導師方便説」の内、「世間相常住」が二六三七（二四二五）番歌の題と重なる。歌は、

あらたまることもなぎさによる浪をかけてあらはす君が御世かな

で、「君が御世かな」は、題の直前の「法位」から発想したものか。

⑧「諸佛興出世　二行」（方便品・上・一二八）、これは二行なので八句を示すと、「諸佛興出世。懸遠値遇難。正使出于世。説是法復難。無量無数劫。聞是法亦難。能聴是法者。斯人亦復難」となり、この内、六句目の「聞是法亦難」が、二六三八（二四二六）番歌題と重なる。歌は、

法のみちにあふうれしさをいはつつじかたくも色に出でにけるかな

で、「あふうれしさ」は二句目の「値遇」からの表現と思われる。

以上のように、『法華別帖』にあげられた「比丘偈」の要文のうち②と⑤以外は、直接百首題と重なる。⑤は、直接の箇所は異なるが、内容的には、百首題と重なる。そして、改めて②の一行「聾聞若菩薩。聞我諸説法。乃至於一偈。皆成佛無疑」を見てみると、⑤の一行とやはりほぼ同内容であることが分かる。

百首題では、方便品題が計十四題と、他の品と比べて圧倒的に多いのであるが、その内の半数以上の八題が「比丘偈」の「要文」であり、その内の六題が『法華別帖』の「要文」と重なるということになる。百首での「比丘偈」の重視も、この『法華別帖』「要文」との関わりと関連するものであろうか。

また、歌の表現を見ると、題の句にとどまらず、その前後も視野に入れて詠まれている。百首の場合の「要文」も、何句かの範囲で、或いは『法華別帖』同様の「行」の範囲で始めは抜き出され、その内の一句から二句のみを代表させ、題として示したのではないか、という可能性もここで考えておきたい。

⑨「十如是」は、この百首とは直接関連はないが、慈円に「十如是」の歌があることはおさえておきたい。

⑩⑪は、寿量品からのものである。百首の寿量品題は、この⑩⑪で構成されている。⑩「自我偈」は「自我得佛来」（下・二八）で始まる偈のこと。百首の寿量品の題、五題のうち四題（「常在霊鷲山」「寿命無数劫」「如医善方便」「得入無上道」）が「自我偈」からである。残り一題は後の⑪と重なる。

⑪「如来如實知見三界之相無有生死」（下・一八）の内、「無有生死」が、二七〇四・二七〇五（二四九二・二四九三）番歌題と重なる。このうち二七〇五（二四九三）番の歌は、

うちかへしまことをてらす目のまへに死ぬるも見えず生まるるもなし

で、「まことをてらす」は「實知見」を踏まえた表現で、題の直前をやはり視野に入れた詠み方である。

⑫「於我滅度後 一行」（下・一六四）は如来神力品からのもの。即ち「於我滅度後。應受持斯經。是人於仏道。決定無有疑」の内、前半の「於我滅度後。應受持斯経」が、二七二四（二五一五）番歌題と重なる。歌は、

法の花に仏のたねを結ことうたがふまじときくぞうれしき

で、「うたがふまじ」は題の後の「決定無有疑」を踏まえた表現。

⑬「勧発品 四要法文」とは、勧発品の中で説かれる「四法」を説いた箇所を指すかと思われる。とすれば、後のBの引用㉕と重複する。前後するがここで㉕を考察しておく。㉕「一者為諸佛護念等」（勧発品・下・三二〇）の「一者」と言っているのは、「四法」の内の一つ目の法を指して言っている。即ちこれより前の部分から示せば、「成就四法。於如来滅後。当得是法華経。一者為諸佛護念～」とあり、この内、「成就四法」が、二七五五・二七五六（二五四二・二五四三）番歌題と重なる。この内、二七五五（二五四二）番の歌は、

法の水を仏のみ子につかふとて四の心にむすび入けり

と、「四法」を広く詠んでいて、特に一つ目の法を詠み込んでいるわけではないが、この箇所も当然含んで詠んでいる。

以上、Aの箇所では、内容的に重なるものも含めて、「十如是」以外は、すべてにおいて関わりが見出せる。

次のBの箇所は、Aと重複するものもあるが、方便品、寿量品以外のものが中心となっている。

B、（二六八・二六九頁）

⑭序品　我見燈明佛　一行
⑮十如是　⑯比丘偈　⑰諸天説偈
⑱今此三界　二行
⑲我献寶珠　世尊納受
⑳如来如實知見
㉑自我偈　㉒我深敬汝等〇作佛
㉓於我滅度後　一行　㉔如説修行〇
㉕一者為諸佛護念等　㉖病之良薬〇
㉗閻浮提内。廣令㆓流布㆒。使㆑不㆓断絶㆒
已上要句要偈ヲ一遍誦㆑之。

ここでは、二重傍線部分「要句要偈」となっているが、「要文」と置き換えても問題はないところである。

⑭「序品　我見燈明佛　一行」（上・六二）、「我見燈明佛。本光瑞如此。以是知今佛。欲説法華経」の内、「我見燈明佛」が、二六二二（二四一一）番歌題と重なる。歌は、

ともし火の光をさしてこたへずは御法の花はたれかまちみむ

で、「御法の花」は『法華経』を踏まえた表現。

⑮「十如是」は⑨で、⑯「比丘偈」は①で既出。

⑰「諸天説偈」は、譬喩品「爾時諸天子。欲重宣此義。而説偈言」（上・一五四）と始まる二十六句の偈。この中の「必當得作佛」（上・一五六）が、二六三九（二四二七）番歌題と重なる。

⑱「今此三界 二行」（譬喩品・上・一九八）、即ち「今此三界。皆是我有。其中衆生。悉是吾子。而今此處。多諸患難。唯我一人。能為救護」の内、「悉是吾子」が、二六四三・二六四四（二四三一・二四三二）番歌題と重なる。

⑲「我献寶珠 世尊納受」（提婆達多品・中・二二二）については、二六九〇・二六九一（二四七八・二四七九）番歌の題に「龍女成仏」が見え、歌を見てみると、

玉ゆらに出ぬと見えし海の月のやがて南にさしのぼるかな
わたつみややがて南にさす光玉をうけしにかねて見えにき

のように、龍女の成仏の場面を広く詠んでいる。その中で、傍線部分「玉をうけしに」とあるように、『法華別帖』「要文」の「我献寶珠世尊納受」を詠み込んでいることが分かる。

⑳「如来如實知見」は⑪で、㉑「自我偈」は⑩で既出。

㉒「我深敬汝等○作佛」（常不軽菩薩品・下・一三二）の「○」は略を示していると思われるので補って示す。「我

深敬汝等。不敢軽慢。所以者何。汝等皆行菩薩道。當得作佛。」この内、「我深敬汝等」が、二七二〇（二五〇八）番歌題と重なる。歌は、

はたちあまりよつてふ文字にあらはれて仏のたねはかくれざりけり

で、「はたちあまりよつてふ文字」と、「我深敬汝等」～「作佛」まで、二十四字全体を詠んでいる。

㉓「於我滅度後 一行」は、⑫で既出。

㉔「如説修行◯」は、『法華経』中に九例見出せる。これまで「要文」は、『法華経』本文の記述の順序通りに並べられていることを考え、㉓以降のものの中で、百首題と関わる例を探すと、薬王品の「如説修行。於此命終。即往安楽世界。阿弥陀佛。大菩薩衆。圍遶住所。生蓮華中。寶座之上」（下・二〇四）がある。この内の「於此命終即往安楽世界」が、二七三三・二七三四（二五二〇・二五二一）番歌題である。

㉕は、⑬で考察済。

㉖「病之良薬◯」（薬王菩薩本事品・下・二〇八）、「病之良薬。若人有病。得聞是経。病即消滅。不老不死。」の内、「病即消滅」が、二七三八（二五二五）番歌題と重なる。

㉗「閻浮提内。廣令流布。使不断絶」（勧発品・下・三二八）は、勧発品題に見出せないが、類似の箇所、即ち薬王品に、「廣宣流布。於閻浮提。無令断絶」（下・二〇八）があり、この「廣宣流布」が、二七三五～二七三七（二五二二～二五二四）番歌の題となっている。

以上、このBにおいても、「十如是」以外は、すべてに関わりが見出せることになる。

C、（二六九頁）

方便品偈之中ニハ十如是

聲聞若菩薩　一行　十方佛土中　一行

諸法従本来　一行　度脱諸衆生　一行

諸佛両足尊　二行

この箇所は、「諸佛両足尊」が「二行」となっている他は、すべてAと重なるので検討を省略する。

以上の検討から、関わり方に程度の差はあるが、『法華別帖』に挙げられている「要文」は、すべて百首題に取り込まれている形になっている。歌で詠まれた題の前後の範囲も『法華別帖』で挙げられている「要文」の範囲と一致する所も多く、百首題の選択の際にこれらの「要文」が念頭にあったことは間違いないであろう。百首の側から見ると、百二句の題の内、この『法華別帖』の「要文」で説明できるものはわずかではあるが、特に『法華経』の中でも重要な、方便品の「比丘偈」、寿量品題においては、ほぼ『法華別帖』に挙がっている「要文」で構成されていることを考えれば、この関わりの持つ意味は小さくない。

三　『法華別帖』「要文」の性格

こうした「法華法」の中での「要文」と百首題の「要文」との密接な関連を考えると、『法華要文百首』題について考える際に、この『法華別帖』に挙がっている「要文」の性格を改めて検討する必要が出てくる。
慈円は『法華別帖』において、「要文」を具体的に記したその事情について、次のように書いている。先の『法華別帖』引用Bの直前の箇所（二六八頁）である。

次三種投物并合物ハ可レ用二経要句一也如二師説一

予正修之時次第ハ左記レ之。如レ此護摩之時。口決如モ二二帖一不レ委也。焼供之中。油五穀等并投物合物等真言。毎レ法不二必一准一。尤一一分明可レ被レ記也。然而全不レ然。只以二大概一可二准知一故。委不レ被レ書レ之。又師資不レ問レ之。仍末学迷レ之。行用甚不レ叶二正意一也。仍如レ此事雖レ有レ恐。予正修作法多記レ之也

要点を示せば、護摩で、護摩木等を投げ入れる際に唱える文句として、『法華経』の句を用いるのは、「師説」に拠るものであるが、しかし、その具体的な句について、詳らかではなく、必ずしも一定ではないので、慈円自らが定めて記したということである。また、傍線部分にあるように、『法華経』の「要句」を「真言」と言い換えている。

三崎良周氏の論考[8]に拠りながら、慈円以前の「法華法」護摩に関する記述を探ってみると、真言として『法華経』の「要句」、「要文」を唱えるということは、台密の中に特徴的に見出せるもののようである。

A、『四十帖決』巻第七（大原長宴。成立年未詳）

同三年（長久三〈一〇四二〉年）四月上旬説

師曰。法華法。不レ説二護摩一。但雖レ不レ説随二意楽一修レ之云云。以二普賢一為二本尊一。故本尊段時請二供之一。投レ供之間誦二其呪一。而投二諸供物一。又芥子三合物與二乳木三聚一投レ之。後誦二法花経要巻要品要偈等一。投二三種合物一。護摩此即法花護摩本意也。毎レ誦二一句一投レ之也。(9)

「法華法」の護摩に関する記述の中で、具体的な句は示されていないが、傍線部分にあるように、『法華経』の「要巻要品要偈」を唱えることが記されている。

B、『行林』第十五（静然。久寿元〈一一五四〉年）

護摩

師傳云。此法不レ説二護摩一。但雖レ不レ説随二意楽一修レ之。以二普賢一為二本尊一。故本尊段時請二供之一投レ供之間誦二其呪一。而投二諸供物一。又芥子等三合物與二乳木三聚一投レ之。後誦二法花経要巻要品要偈等一。投二三種合物一。護摩此即法花護摩本意也。毎レ誦一句投レ之也。取二寿量品偈要句一可レ為レ呪レ之云云。(10)

これは、『四十帖決』の引用であり、それに「寿量品偈要句」を呪として唱えることが付け加えられている。

C、『阿娑縛抄』第七十一「法華法」（護摩呪）

円雲法印云。投物自我偈不レ可二皆誦一。栓毎自作二是念一。以我令衆生。得入二無上道一。速成就佛身。此四句許ニテ可レ投也。極秘事也。先師相實殊令レ秘レ之。(11)

護摩呪に関する説を並べた箇所であるが、その中の円雲（寿永〈一一八二〉年没）[12]の説のみを引用した。傍線部分「自我偈」の中の四句が具体的に示されている。この四句の中の「得入無上道」も、百首の二七一〇・二七一一（二四九八・二四九九）番歌の題と重なっている。

慈円の記述はこのようなものの流れの上にあるものと考えてよいであろう。しかしながらほとんど具体的な「要文」はあげられていないのであって、このような台密の中の「法華法」の説を受けて、さらに慈円自らが、具体的な「要文」を選定した事情が窺える。

そして、この「要文」は、真言、呪であって、祈願の文であるということである。慈円の選定した「要文」の内容を概観してみると、仏が成仏の約束をする「記別《きべつ》」の文句が繰り返しあげられていることが分かる。例えば、先の「要文」②には、「皆成佛無疑」、④「来世得作佛」、⑤「無一不成佛」の他、⑫⑲㉔㉕もこの類のものである。護摩では、こうした「記別」の文句を繰り返し唱えることにより、衆生の成仏を祈願したのであろう。また、㉖の「病即消滅不老不死」は、息災、延命祈願のためのものと思われるし、㉗も『法華経』の流布を祈願するためのものであったと思われる。成仏、無病息災、延命、『法華経』の流布、といったような具体的な祈願の内容も知ることができる[13]。

『法華別帖』に見られる「要文」は、台密の「法華法」の説を受けた上で慈円が改めて抜き出したものであり、また祈願をこめて唱えられる真言、呪としての文句で、そこには、具体的な祈願の内容もある程度窺うことができるのである。

四　『法華要文百首』題の性格

『法華要文百首』題がこうした性格の「法華法」での「要文」をほぼすべて取り込んでいることを考えると、この百首題の「要文」も、単に先行する法華経和歌の題を受けた形で選んだのではなく、また、単に歌題として選んだのでもなく、真言、呪句つまり祈願の句という視点から選び出した、という側面から考える必要がある。改めて『法華別帖』の「要文」と関わらない他の題を眺めてみても、例えば、薬草喩品題の「現世安穏」、人記品題の「我願已満」という題など、祈願の句として抜き出されたことを容易に想像させるものがある。また、山田昭全氏は、この百首題について、「一乗法」「最第一」「為第一」などが繰り返し抽出されていて、慈円の一乗経最重視の立場が窺われるということを指摘されているが[14]、題に同内容の句が繰り返し抜き出されていることも、『法華別帖』において「記別」の文句が繰り返されていたように、祈願の題という性格から考えられないか。『法華要文百首』題を慈円は、「法華法」での「要文」を中心としつつ、それを『法華別帖』での選択の際と同じ意識で、さらに広げて選んだのではないだろうか。

「法楽百首」は、序跋文から、また和歌表現から、王法仏法の興隆の祈願が目的とされると言われるが、『法華要文百首』の中では、まず題そのものが、祈願を込める真言であった。そしてその真言に和歌が同列に並べられている。その祈願は、「法華法」という事相の場で行われていたものと密接に関わり、祈願の目的等々、方向を同じくするものであったのである。

注

（1）成立に関しては、石川一『慈円和歌論考』（笠間書院、一九九八・二）Ⅱ、第四章、第十節「法楽百首総論―慈円作品群の諸問題について」。その他、『法華要文百首』を扱った主な論は、
①石原清志『釈教歌の研究』（同朋舎、一九八〇・八）第二部、第三章「慈円の法華経二十八品歌」
②山田昭全「西行・慈円・俊成の法華受容の差―法華経二十八品歌の吟味を通じて―」（峰島旭雄編著『比較思想の世界』北樹出版、一九八七・五）
③石川一『慈円和歌論考』（笠間書院、一九九八・二）第四章、第三節「慈円と法華経廿八品歌―『法華要文百首』」
④山本一『慈円の和歌と思想』（和泉書院、一九九九・一）第十五章「建保・承久期「法楽百首群」の範囲と性格」

（2）『法華別帖』についての論に、
①多賀宗隼『慈圓の研究』（吉川弘文館、一九八〇・二）第二部第四章（二）
②三崎良周『続天台宗全書』密教3、経典注釈類Ⅱ、翻刻、解題（春秋社、一九九〇・三）
③三崎良周『台密の理論と實踐』（創文社、一九九四・九）所収「青蓮院吉水蔵『法華別帖』より見た慈鎮和尚の密教思想」
がある。これらによれば、内容は、「法華法」の次第作法について、秘密口伝を書き記したもので、成立は承元四（一二一〇）年で、文治二（一一八六）年から二十四年間にわたって書き継がれたもの。

（3）注（2）の①③論文。

（4）『門葉記』「門主行状一」（『大日本史料』第五編之二、嘉禄元〈一二二五〉年九月二十五日の条）。

（5）『法華別帖』の引用は、以下、注（2）②の『続天台宗全書』密教3によるが、旧字体、細字、改行を改め、また濁点を付した箇所がある。括弧内の数字は、『続天台宗全書』のページ数。

（6）括弧内の数字は、岩波文庫『法華経』上・中・下のページ数。必要によって、品名についてもこの中に記した。引用も岩波文庫による。

（7）注（2）②『続天台宗全書』密教3、二六九頁。

（8）注（2）③論文。

（9）大正蔵七五・八九〇a。
（10）大正蔵七六・一二六c。
（11）大正蔵図像九・一一九b。
（12）佐藤亮雄『僧伝史料（三）』（新典社、一九九〇・八）二一〜二二頁、「円雲」の項。
（13）慈円の口伝書である『四帖秘決』第一―百六十二「法花法事」の中に、「随テ二祈願ノ意趣ニ一抜テ二経ノ要句ヲ一加レ之」とある（注（2）②『続天台宗全書』密教3、三三七頁）。
（14）注（1）②論文。

第八章　慈円『法華要文百首』と後鳥羽院

一　はじめに

慈円『法華要文百首』（『八幡百首』）は、承久元（一二一九）年十月一日頃、「二十首歌」[1]と共に、石清水八幡宮法楽のために詠まれた。多賀宗隼氏は、この承久元年を慈円にとって意味深い年であったとする。[2]前年の建保六（一二一八）年十一月二十六日、中宮立子の子、懐成親王は皇太子となり、十二月には、良経の子、道家は左大臣となる。そして、承久元年正月の実朝の暗殺を受けて、同年七月には、道家の子、頼経が将来の将軍として関東へ下向し、[3]九条家による公武合体政治実現への道が大きく開かれる年であった。しかし、一方で、後鳥羽院は、頼経の関東下向をよしとせず、倒幕への意志を固めて行く。同年九月以降、慈円の後鳥羽院への祈祷は停止され、院と慈円の関係も決裂に近い状況になっていく年でもあった。

『法華要文百首』は、『法華経』の要文を題とした法文歌のためか、積極的にこうした政治的背景、或いは後鳥羽院との関係を踏まえた読み取りはされてこなかった。[4]しかし、同時に奉納された「二十首歌」の序文には、

朝市の春の花、鳳闕仙洞に萎む勿れ。都鄙の秋の風、仏法王法を攪る莫れ。（原文漢文）

と、院の下での仏法王法興隆の祈願が表されている。また、前章で明らかにしたように、この百首の『法華経』の要文題は「法華法」で唱えられる真言としての要文を取り入れている。「法華法」は、鎮護国家、院の延命長寿の祈願を目的とする密教修法で、百首の題にも、同様の祈願が込められているものがあると思われる。また、山本一氏は、この「二十首歌」中の、

染むれども散らぬ袂に時雨来てなほ色深き神無月かな（五七九三）

が、院が隠岐で撰した『時代不同歌合』（三二番歌）に採られていることから、『法華要文百首』をはじめ、いくつかの法楽百首が後鳥羽院の目に触れた可能性を述べられている。(5) 以上の点からも、本百首は、特に後鳥羽院との関係が深い作品なのではないかと思われるのである。

和歌の表現を見ても、法文歌としては、極めて特異な、王権の繁栄を祈り寿ぐ祝の心を詠んだもの、また天皇上皇の命を意味する「勅」を詠み込んだものがあり、本章では、これらを後鳥羽院との関わりの中で考えていきたい。

二 「病即消滅」題の歌

まずは、「二十首歌」との関連から、次の一首を検討する。

病即消滅
法の風に秋の霧さへ晴のきてしぼむ花なきませの中かな　（二七三八／二五二五）(6)

題は、『法華経』「薬王品」の句。書き下しで、その前後を示す。

若し人、病ありてこの経を聞くことを得ば、病は即に消滅して不老不死ならん。　（下・二〇八）(7)

歌は、題との対応では、「病即消滅」を「秋の霧さへ晴のきて」と詠み、題に続く「不老不死」を「しぼむ花なき」と表現した。「法の風に」の「法」というのも、題の直前にある「この経」すなわち『法華経』を指すと考えられる。一首の意は、『法華経』の功徳により秋の病さえ平癒し、萎む花もない垣根の中であるよ、ということである。

さて、この中の「秋の霧」という表現であるが、「二十首歌」に、やはり「秋の霧」を詠み込んだ次のような一首がある。

いのるかなはこやの山の秋の霧はれぬる後に又くもるなよ　（五八〇〇）

久保田淳氏は、この歌の「秋の霧」を、病の比喩と捉え、具体的に、後鳥羽院の承久元（一二一九）年八月半ば頃の病を言うと指摘された。(8) この院の病については、『愚管抄』巻第六に見られ、それによれば、近臣の忠綱を解任したことによりまもなく病は癒えたという。(9) 久保田氏は、さらに、「はれぬる後に又くもるなよ」を、再び院が忠綱のような悪臣を重用するなど、政治的判断を誤ることがないように祈るものと考えられた。

病の比喩としての「秋霧」という表現を『拾玉集』の中で見てみると、承久三（一二二一）年十月一日の「聖霊院奉納十二首」に、

思ひきや秋たつ霧に身をなして夜半のけぶりをまたむものとは　（四六九七）

という一首があるが、序に「初冬之朔、老病之後」とあり、これは承久三年秋の慈円自身の病を言っていると考えられる。また、貞応三（一二二四）年一月の「日吉社奉納十首」の序には、

貞応第二之暦以三伏孟秋之比、秋霧雖纏急厄　（四六九九）

とあり、これも、貞応二（一二二三）年秋の慈円の病を言う。或いは、

思ひやるこころぞはれぬあし曳のやまひの霧の秋のゆふ暮　（五六五二）

これも序に「九月七日故殿の小松谷墓所にて」とあり、慈円自身の秋の病のことである。このように、およそ「秋霧」が病を譬喩する場合、病一般を言うのではなく、秋の季節にかかった具体的な病のことを言っていることが分かる。本百首の場合の「秋の霧」も、「はこやの山の」などと院を直接比喩する語はないが、具体的に、後鳥羽院の承久元（一二一九）年八月（秋）の病（霧）を言っていると思われる。

また、題の直後の「不老不死」を詠んだ下二句の「しぼむ花なきませの中かな」という表現は、先にも挙げた、「二十首歌」序文の、

朝市の春の花、鳳闕仙洞に萎む勿れ。

と関連して、院の不老長寿を願う表現かと思われる。同題の法文歌の唯一の先例として、寂然『法門百首』の一首、

病即消滅不老不死

舟の中に老いを積みけるいにしへもかかる御法をたづねましかば　（四四）

がある。『法門百首』は、部立を設け、その部立にふさわしい内容の法文題を選んでいるが、この歌は、「祝」の

部立の中のもので、寂然は、この題を祝の心に関わる法文題として選んでいる。(10) これに倣い、慈円もこの題を祝の心で詠んだのではないか。

この一首は、『法華経』の功徳による、後鳥羽院の病の平癒を祝い、院の不老長寿を祈願する祝の歌として詠まれたものと考えられよう。

三　「世間相常住」題の歌

こうした、祝の心を詠んだ歌が、もう一首ある。

世間相常住
あらたまることもなぎさによる浪をかけてあらはす君が御世かな　（二六三七／二四二五）

題は、『法華経』「方便品」の、

これは法の住・法の位にして、世間の相も常住なり、と道場において知り已りて、導師は方便して説きたもう。　（上・一二〇）

とある箇所の句。「世間相常住」とは、例えば、慈円は『法華別帖』の中で、是法住法位世間相常住と悟る時を寂光の悟とは云ふべきなり。

或いは、

寂光真実の理を悟るは、世間の常住を悟るなり。

と言っている。(11)「寂光」とは、智顗が立てた「四土」の最後に置かれた世界で、永遠絶対の浄土のこと。「寂光の悟」「寂光真実の理を悟る」とは、同じ箇所で、

寂光の外に別に娑婆あるにあらず。

と言うように、娑婆即寂光浄土を感得することである。つまり、「世間相常住」とは、無常の娑婆世界（世間）は、そのままで、仏の永遠絶対の世界（常住）の姿である、という意味になる。

歌は、「あらたまることもなき」で題の「常住」を表し、不変常住なるものとして、「渚による浪」が比喩として用いられている。「浪をかけてあらはす」とは、例えば、

みさごゐる磯の松が根波かけてあらはれにける恋ぞわりなき　（六百番歌合・七二二・経家）

というように、波をかけて姿を露にする、という意。「君が御代かな」は、題との対応では「世間」を詠んだものと思われる。一首は、あらたまることもない不変常住の渚に寄る波をかけてその姿を露にしている君の御代であるよ、という意味になる。現実世界の君の御代は、そのままの姿で仏の永遠、絶対の世界を体現しているという内容を詠んだものと考えられよう。

同題の法文歌は、慈円以降にしか見られないが、こうした祝の表現によるものは見出せない。しかし、この「世間相常住」という題を祝の心で詠む契機となった一つには、先の「病即消滅」の歌と同様、寂然『法門百首』祝部があるように思う。祝部では、例えば、

如来常住無有反易

すみやらぬ心の水にしづめども仏の種は朽つるよもなし　（四八）

のように、題に「常住」を含むものが見られ、また或いは、

寿命無数劫久修業所得

ながきよにいかにつとめておきければやがて消えせぬ露の命ぞ　（四七）

五百塵点のそのかみ、妙覚の位にかなひて、常住の寿命を得たまへることは、むかし久しく業を修してあらはせるところなり、といふなり。仏の寿

命をば露の命といふべきにあらねど、この世の命によせて、それがやがて
常住なるぞといふなり。

についても、題の「寿命無数劫」は、左注では、「常住の寿命」と言い換えられている。このように、寂然は、「常住」に関わる法文を祝部の題として選んでいる。慈円が、「世間相常住」を祝の心で詠む発想の源がここに求められる。ただ、先の「病即消滅」の歌も同様に、経典の題を祝の心で詠むということは、『法門百首』以外に先例はなく、その後の法文歌にもこうしたものは見られない。この百首の特別な意図をここに見たい。

法文歌に限らなければ、「世間相常住」の一首に見られるような、常住永遠なる仏法に寄せた祝の歌は、後鳥羽院に対してしばしば詠まれてきたものであった。例えば、元久二（一二〇五）年四月十二日、慈円は、後鳥羽院のもとに長歌を送ったが、その中に、

いにしへの　わしのみ山の……暮行く鐘の　つれづれと　わが君の代を　おもふにも　法の蓮の　花の色　野にも山にも　にほひてぞ　人をわたさむ　はしとして　しばしこころを　やすむべき……（拾玉集・五一〇〇）

という箇所がある。「わが君」は、後鳥羽院のこと。その御代に咲き匂う「法の蓮の花」は、『法華経』を象徴した表現と思われる。『法華経』の世界が院の御代に実現されていることを讃えた表現である。また、「厭離欣求百首中被取替三十五首」の、

君はげに三世の仏のわくる身か天長地久いとどちぎらん　（拾玉集・四五六四）

は、院自身を仏の分身と捉えたものである。慈円は、院を仏になぞらえ、『法華経』で説かれる世界を体現する院の御代を願っていた。また、慈円は『治承題百首』（廿題百首）祝題で、

わしの山もとの命をあらはしてあらそふほどの君が御代かな(12)

と、『法華経』「寿量品」の「常在霊鷲山」を踏まえ、常住なる仏法の時間に寄せた祝の歌を詠んでいる。院主催の歌合である『千五百番歌合』の祝題おける、良経の、

君が代に法のながれをせきとめて昔のなみやたちかへるらん　（二一三二）

という一首は、やはり仏法の時間に寄せた形のものであり、この慈円歌からの影響歌であろう。建保四（一二一六）年の「院百首」でも、家隆は、

永き日のこぞの御法のはじめよりのびける千世は君ぞかぞへん　（壬二集・八九九）

と、同傾向の歌を詠んでいる。或いは、『壬二集』釈教部に、

前大僧正の報恩講の次に、仏前祝
神垣やもとの光を尋ねきてみねにも君をなほいのるかな　（三一八五）

という一首があり、慈円の報恩講の際の歌会で「仏前祝」という題が出されたことが知られる。

このように、慈円を中心として、仏法に寄せた祝の歌が詠まれ、その多くが後鳥羽院に対してのものと考えられる。「世間相常住」の一首は、法文歌であるが、むしろこうした歌の中に位置づけられ、後鳥羽院に向けた祝の歌と考えられよう。

以上の二首の「病即消滅」「世間相常住」という要文題は、前章で見たように「法華法」で唱えられる真言としての要文でもあった。「法華法」においてもこの要文は、院の不老長寿、院の御代の繁栄の祈願を込めて唱えられていた可能性も考えられよう。本百首で、法文題を祝の歌として詠むのは、後鳥羽院の下における仏の常住の世界の実現を、決裂に近い状況であったとされる、この承久元（一二一九）年十月という時期において、なおも祈願するためのものであったと言えよう。

四　「止々不須説」題の歌

次に、「勅」を詠み込んだ歌を検討する。

止々不須説
やめやめととどめしかどもつゐに猶《なほ》こふによりてし君がことのは　（二六二六／二四一四）

は、清書段階において、

やみやみととどめしかどもつゐに猶宣奉勅《せんほうちょく》も請《こふ》にこそよれ(13)

と、下二句が大きく詠み替えられた。

題は、『法華経』「方便品」の所謂「三止三請」の場面である。舎利弗《しゃりほつ》は、釈迦（仏）に教えを説くように願い出るが、仏は、自らの教えが聴衆に理解されないと思い、舎利弗を押し止める。その時の仏の言葉が、題の句である。

止みなん。止みなん。説くべからず。わが法は妙にして思い難し。　（上・八二）

しかし、舎利弗は、三度仏に請願することにより、ついに仏は自らの法を説くのである。草稿の「こふによりてし君がことのは」、清書形態での「宣奉勅も請にこそよれ」は、共にこの三度の請願によりついに仏が教えを説いたことを詠んでいる。

それにしても、清書形態における、「宣奉勅」とは何だろうか。「宣奉勅」は、題の場面に即せば、仏が説く法の事を意味すると思われる。慈円は、歌の中にしばしば漢語をそのまま詠み込むが、「宣奉勅」は、経典の文句でもなければ、漢語としても、「奉勅」あるいは「宣勅」は見出せても、「宣奉勅」という熟語は見出しがたい。しかし、太政官の命を伝達するために用いられた公文書の一様式である「宣旨《せんじ》」中に、「宣奉勅」と記された箇所を見出すことができたので、検討してみたい。

具体的に、多賀宗隼『慈円全集』に収められた、建久三（一一九二）年七月十四日の慈円宛の宣旨を見てみよう。説明の便宜のため、数字を付して以下に示す。

①応下令二法印慈円一領中掌日吉社新御塔并近江国細江庄上事
②右、得二慈円今月十二日奏状一称、③（中略）者、④右中弁平朝臣棟範伝宣、
⑤権中納言平朝臣親宗宣、⑥奉レ勅⑦依レ請者
建久三年七月十四日　⑧修理東大寺大仏長官左大史小槻宿禰（花押）[14]

右の傍線部分に「宣奉勅」と見える。まず、全体を簡単に理解しておきたい。①「応～」は、宣旨の要旨を述べたもの。慈円が日吉社の新塔並びに近江国の細江庄を領掌すべき事の命であることを示している。②「右～」は、この宣旨が、同月十二日の慈円の奏状を受けてのものであることを記す。③中略の箇所にその慈円の奏状が引用され、「者（てへり）」で結ばれる。④以下は、発布の手続きを示す。⑤「権中納言平朝臣親宗」は、上卿と呼ばれる当日の政務担当の公卿の名で、この人の「宣」を、④「右中弁平朝臣棟範」という弁官に伝え（伝宣）、さらに⑧の書記の史に伝えて発布した。⑥「奉勅」は、上卿の宣が、勅命によるものであることを示し、⑦は、その

勅命の内容が書かれる箇所で、ここでは「依請」とあり、奏状の通りに行えという勅命であることを示している。「宣奉勅」以下を書き下すと、

〜宣す。勅を奉るに、請に依れ、てへり。

となる。

もう一例『本朝文粋』巻第二「太政官符」として収められたものを示しておく。

応下補二文章生并得業生一復中旧例上事　格

右得二式部省解一称、（中略）正三位行中納言兼右近衛大将春宮大夫良峯朝臣安世宣。奉レ勅。依レ請。

天長四年六月十三日(15)

体裁は、前の宣旨とほぼ同様である。ここにも、「宣奉勅依請」とあり、これは、勅命による宣旨の定型の句であり、他にも例を見出すことができる。(16)

歌の「宣奉勅も請ふにこそよれ」という表現は、この「宣奉勅依請」を踏まえたものなのではないか。「宣奉勅」を「宣、奉勅」とし、「勅命による宣」という意味で用いていると考え、「請ふにこそよれ」の「よる」の意味を、原因するの意と取らず、「依請」を踏まえて「請願の通りであった」と解してみたい。一首全体を解釈すると、「止みなん、止みなん」と止めたけれども、ついに、勅命による宣が下され、その内容は、奏状の通りのものであったという意味になろう。

このように、『法華経』の仏と舎利弗の問答の場面を詠んだものだが、それを、奏状と宣旨のやりとりにより

表現し、仏に天皇或いは上皇をイメージさせているのである。こうした宣旨の定型句を踏まえたとすれば、和歌の表現としても極めて特殊な試みであり、ここに特別な表現の意図を考えてもよいのではないか。

慈円は、仏と舎利弗に後鳥羽院と慈円自身をなぞらえようとしているのではないだろうか。先に述べたように、承久元（一二一九）年、この百首が詠まれた頃、慈円と後鳥羽院は、幕府との関係をめぐって決裂に近い状況にあったと考えられる。慈円は、それを打開すべく、後鳥羽院に対して倒幕を止めるよう奏状を出すが、院はそれをなかなか受け入れない。しかし再三の奏状により院がその通りに意志を翻す。こうした場面が想定されるのではないか。実際に、院と慈円が和解した事実を指すということではなく、『法華経』の「三止三請」を引き合いに出して、再三の奏状が受け入れられるという場面を院に示すことにより、和解への道を訴えかけたのではなかったか。

慈円と後鳥羽院の文書のやりとりの様子は、例えば、『拾玉集』の次の贈答からも窺える。

承元二年二月廿三日愚状之次進御所詠一首

宮こにはにぬかいかにとみ山べの春のけしきを人のとへかし　（五五七五）

勅答

やまざとはうきがなぐさむ事こそあれとはぬならひは［欠］　（五五七六）

これは、慈円が西山に隠棲していた時の歌と思われる。傍線部分の「愚状」は、慈円の奏状のこと。「勅答」は、『本朝文粋』巻二にも見られる勅書の一様式のことで、院からの勅書に添えられた一首であることを示している。このように、慈円と後鳥羽院は、実際に文書のやりとりをし、その中で歌を贈答し、私的な心情を交わすこともあったのである。また、『法華経』でのこの場面は、直接に仏と舎利弗が対面する場面であるのにもかかわらず、仲介を要する奏状と宣旨のやりとりをここに想定させているのには、やはり、この西山隠棲の時と同様に、後鳥羽院と慈円の承久元年における距離を示しているように思われる。

五　「如世尊勅」題の歌

「勅」を直接詠み込んだ歌がもう一首ある。

如世尊勅

三たびなでて契し君の勅なればけふまでたれもその示教利喜《じきょうりき》　（二七二五／二五一三）

題は、「嘱累品」、釈迦（仏）が三度、菩薩・摩訶薩の頭を撫でて、教法を広める使命を菩薩たちに与える場面で、

諸の菩薩・摩訶薩は、かくの如く、三反、倶に声を発げて言さく、世尊の勅の如く、当に奉行すべし。（下・一六八）

と、菩薩たちが、誓いを述べる。その中の句が題となっている。歌の「示教利喜」は、『法華経』の句をそのまま取り込んだ表現である。一首の意は、三度なでて契った仏の勅命であるから、今日まで皆、その教えを人々に

示し、教え、利し、喜ばせてきた、ということである。この場合は、題に「勅」が見えるので、それをそのまま詠んだとも思えるが、先の「宣奉勅」を考え合わせると、「君の勅」に、後鳥羽院の勅を考えてもいいのではないか。民を撫でて契った院の勅命に今日まで皆従い、それを広めて来たのだ、という今日まで変わらぬ院への忠誠心を表した歌と言えるのではないか。

六　おわりに

これまで二章にわたって見たきたように、『法華要文百首』は、『法華経』を題とする法文歌であるが、題に「法華法」の要文を組み込み、歌では後鳥羽院を言祝ぐ祝の歌を織り交ぜたものであった。慈円にとって法文歌は、題意を伝統的和歌表現により変換する場に止まらなかったのである。承久元（一二一九）年十月、後鳥羽院と慈円の距離がますます離れていく中で、こうして、『法華経』における仏と菩薩たちに、後鳥羽院と慈円自身をなぞらえながら、後鳥羽院が治める世の中に実現される『法華経』の世界を映し出し、和解を訴えかけ、変わらぬ忠誠心を院に示した。こうした『法華経』を踏まえた訴えかけは、院に対して最も説得力を持つものと慈円は考えたのであろう。

注

（1）「二十首歌」は、『拾玉集』第五、五七八四～五八〇三番歌（新編国歌大観番号）。

（2）多賀宗隼『慈圓の研究』（吉川弘文館、一九八〇・二）第二十三章「承久役前夜」。

（3）筑土鈴寛氏は、「一族の子の、鎌倉下向などもあったこととて、とくに八幡に祈念するところがあったのかと思ふ」と、八幡宮法楽と関連付けられた（『筑土鈴寛著作集』第二巻（せりか書房、一九七七・一）、一〇四頁）。
（4）『法華要文百首』の和歌表現についての主な研究に、石原清志『釈教歌の研究』（同朋舎、一九八〇・八）、山田昭全「西行・慈円・俊成の法華受容の差―法華経二十八品歌の吟味を通じて―」（峰島旭雄編『比較思想の世界』北樹出版、一九八七・五）、石川一「慈円と法華経廿八品歌」（『慈円和歌論考』笠間書院、一九九八・二）がある。
（5）山本一『慈円の和歌と思想』（和泉書院、一九九九・一）三七五頁。
（6）『法華要文百首』の引用は、多賀宗隼編『校本拾玉集』（吉川弘文館、一九七一・三）による。歌番号は、上段に校本拾玉集番号、下段に新編国歌大観番号を記す。その他の『拾玉集』からの引用は、『新編国歌大観』による。
（7）『法華経』の引用は、岩波文庫『法華経』上・中・下による。括弧内は、岩波文庫の頁数を示す。
（8）久保田淳「中世和歌における寓意と思想」及び「『拾玉集』の小作品群四種」（『中世和歌史の研究』明治書院、一九九三・六）。
（9）日本古典文学大系『愚管抄』（岩波書店、一九六七・一）三一六頁。
（10）『法門百首』の題の選び方については、第一部第一章参照。
（11）『法華別帖』の引用は、いずれも『続天台宗全書』密教3（春秋社、一九九〇・三）二七四頁より書き下しで引用する。
（12）青蓮院本欠。『校本拾玉集』二〇八六番。
（13）西丸妙子編、支子文庫本『拾玉集』（在九州国文資料影印叢書第二期、一九八一・五）による。歌番号一二九八。青蓮院本は、第一句を「やめやめ」とする。
（14）多賀宗隼『慈圓全集』（七丈書院、一九四五・一）「伝記資料抄」二・六、八一四〜八一五頁。
（15）新日本古典文学大系『本朝文粋』（岩波書店、一九九二・五）、文章番号六四番。
（16）宣旨については、主に、相田二郎『日本の古文書』（上・下）（岩波書店、一九五四・一〇）、佐藤進一『新版古文書学入門』（法政大学出版局、一九九七・四）、日本歴史学会編『概説古文書学　古代・中世編』（吉川弘文館、一九八三・五）、今江広道「宣旨」（『日本古文書学講座』第三巻、雄山閣出版、一九七九・八）を参照した。

第九章　慈円「金剛界五部」の歌をめぐって

一　はじめに

慈円は、「治承題（廿題）百首」(1)の釈教において、「仏部」「蓮華部」「宝部」「金剛部」「羯磨《かつま》部」という五題を詠んでいる。この題は総称して「金剛界五部《こんごうかいごぶ》」と言われる。慈円は、歌の中に「護摩」「以字焼字」「五相成身《ごそうじょうしん》」など、密教の言葉をしばしば詠み込むことは知られているが、この「金剛界五部」という密教の重要命題をどう詠んだのであろうか。この題を詠んだ他の歌人は見出せず、また慈円の歌の中でも最も難解なものの一つと思われるが、本章では、この五首の読解を試みたい。

まず、題の「金剛界五部」について概略をおさえておく。胎蔵曼荼羅、金剛界曼荼羅の両部曼荼羅は、密教の諸仏を網羅し図示したものであるが、その諸仏の中核をなすのが、「五仏」である。これは、金剛界曼荼羅においては、その中心の成身会に描かれていて、その中心に位置する大日如来、大日如来の東方の阿閦《あしゅく》如来、南方の宝生《ほうしょう》如来、西方の阿弥陀如来、北方の不空成就《ふくうじょうじゅ》如来の五仏である。この五仏はまた、法界体性智《ほっかいたいしょうち》、大円鏡《だいえんきょう》智《ち》、平等性智《びょうどうしょうち》、妙観察智《みょうかんざつち》、成所作智《じょうしょさち》という所謂「五智」を表しているので、「五智如来」とも呼ばれる。「金剛界五部」とは、金剛界の諸仏を五つに分類したものだが、この「五仏」がそれぞれの部の主尊となるのである。各部の意味するところについては、歌の解釈とともに触れていきたい。金剛界の「五仏」「五智」「五部」の関係を整理して示せば、次の［表］の通りである。(2)

［表］

五仏	大日如来	阿閦如来	宝生如来	阿弥陀如来	不空成就如来
五智	法界体性智	大円鏡智	平等性智	妙観察智	成所作智
五部	仏部	金剛部	宝部	蓮華部	羯磨部

なお、この「治承題（廿題）百首」は、慈円と良経が詠んでいるが、その歌題はいずれも、九条兼実による治承二年の「右大臣家百首」に倣ったもので、九条家の伝統を強く意識した百首であるとされる。(3) 兼実は「右大臣家百首」の釈教において、「五智」を詠んでいる。「右大臣家百首」は、散佚しているが、勅撰集から「成所作智」題の歌以外の四首を集成することができる。

百首歌よませ侍りける時、法文のうたに、五智如来をよみ侍りけるに、平等性智のこころをよみ侍りける

人ごとにかはるはゆめのまどひにてさむればおなじこころなりけり　（千載集・釈教・一二二三）

　家に百首歌よみ侍りける時、五智の心を、妙観察智

そこきよく心の水をすまさずはいかがさとりの蓮をもみん　（新古今集・釈教・一九四七）

　家に百首歌よませ侍りける時、五智の大円鏡智のこころを

くもりなくみがきあらはすさとりこそまとかにすめるかがみなりけれ　（新勅撰集・釈教・五九八）

　法界体性智のこころを

おのづから法のさかひにいる人はそれこそやがてさとりなりけれ　（新拾遺集・釈教・一五〇六）(4)

慈円がこの百首で、「金剛界五部」を詠むのは、兼実の「五智」の詠を強く意識したものであったと思われる。

二　仏部の歌

以下、この五首について読解を試みる。「治承題（廿題）百首」は、『拾玉集』において、青蓮院本等の五巻本系統本には収載されず、七巻本系統本、改編五巻本系統本、貞和類聚本系統本の陽明文庫「吉水和尚詠」(5)に存する。七巻本の六家集版本は、『校註国歌大系』や『慈円全集』に翻刻され、改編五巻本の京都大学図書館本は、『校本拾玉集』にすでに翻刻されているので、ここでは、陽明文庫「吉水和尚詠」を底本として濁点を付して翻刻し、六家集版本（版）、京大本（京）との校異（表記の違いを除く）がある場合は示しておく。(6)

佛部　／いまはうへにひかりもあらじ望月とかぎるになればひとときはの空

この歌は、『慈鎮和尚自歌合』小比叡十五番、[7]『新勅撰和歌集』釈教に採られている。[8]

題の「仏部」は、空海の『秘蔵記』に、

三には仏部。この理、この智、凡位には未だ顕はれず。理智具足して覚道円満するを、すなはち仏部と名づく。[9]

とあるように、「蓮華部」の理、「金剛部」の智の理智をともに備え、悟りを完成することを示す部である。大日如来を部主とする。五仏のうち大日如来以外の四仏は、ともに大日如来から流出し、大日如来の持つ徳の側面をそれぞれ示したものであり、個々に独立しているのではなく、すべて大日如来に帰するのである。

歌の「今は上に光もあらじ」というのは、この「仏部」の主尊、大日如来が四仏を統括し、五仏の中で最上に位置するものであることを象徴的に表したものである。西行に、

高野山をすみうかれてのち、伊勢国ふたみのうらの山でらに侍りけるに、大神宮の御山をば神ぢ山と申す、大日如来御垂跡をおもひてよみ侍りける

ふかくいりて神ぢのおくをたづぬれば又うへもなきみねの松かぜ　（千載集・釈教・一二七八）[10]

と、大日如来を「又ぅへもなき」と表現した歌があり影響関係が考えられるだろう。

「望月とかぎるになればひときはの空」に関して、『新勅撰和歌集全釈』(11)は、「金剛界仏部の大日如来の円満なる智を満月に譬えて詠んだ一首」と「望月」を大日如来の円満なる智を譬えたものであるとする。また、「かぎるになれば」を「極限になると」と注し、「ひときはの空」を「一際すばらしい空だ」と解釈している。

ただし、大日如来の比喩としては、「日」が詠まれることもあり、慈円も「内大臣家百首」で、

大日
おほ空に見つやみやこのぬしやたれこの日にはあらぬ光とぞきく　（拾玉集・三八六七）

と詠んでいる。ここで望月が詠まれる点は考えておくべきであろう。

『金剛頂瑜伽中略出念誦経』巻三には、

應當に毘盧遮那尊首を想ふべし。壇の中央に坐して、結跏趺坐し、大威徳有り、色は白鵝の如く、形は浄月の如し。(12)


と大日如来の形を月に譬えた例があるが、それにしても「望月とかぎる」とはどういうことだろうか。

金剛界五部に関連する観法として、月輪観による「五相成身観」があるが、これを背景に考えられないだろうか。これは五つの段階（五相）を踏んで自らが金剛界の仏すなわち大日如来となる観想修行である。五相とは、一、

「通達菩提心」、自らの心中に月輪を観じる。二、「修菩提心」、月輪を観じて菩提心を起こす。三、「成金剛心」、月輪に蓮華あるいは金剛杵を観想する。四、「証金剛心」、月輪の蓮華あるいは金剛杵を堅固なものとし、自らの金剛性を体得する。五、「仏身円満」、自らの身体が仏身と同一であることを悟る。この最後の「仏身円満」は、五智においては、大日如来の司る法界体性智に配される。「望月とかぎる」というのは、五相成身観において心中の月輪が「仏身円満」と極まる、すなわち我が身が大日如来と極まることを言うのではないか。漢語「一際」に、次のような用例がある。

涅槃は世間と異ならず、世間も涅槃と異ならず。涅槃の際、世間の際は、一際にして異なり有ること無きが故なり。

（『大智度論』巻十九）[13]

これは、「涅槃の際」と「世間の際」の二者の間に区別の無いことを意味している。「ひときはの空」とは、「一段とすばらしい空」の意ではなく、「仏身円満」と極まると、仏の分際と我が身の分際が「一際」つまり一如、一体である世界が広がるということを表しているのではないか。これ以上はない極限の望月が照らす仏我一如の世界を詠んだ一首と考えたい。

『慈鎮和尚自歌合』で、これと番えられた、「十題十首百首」釈教の、

智波羅蜜

これぞきはうき身をやがて仏ぞと心えつべき心ちこそすれ[14]

は、仏と我が身が一体化することを極限と詠んでおり、同様の発想のものである。
通釈は「今はこれ以上の光はあるまい。望月と極まると（仏身円満と極まると）、そこには、仏と我が身が一体の空（世界）が広がっていることだよ(15)」。

三　蓮華部の歌

蓮華部　／なかぞそれおなじ聖のめぐりゐるきりじの蓮むねにひらけて(16)
＊校異　なかぞそれ—ながめられ《レイ》（京）　ながめられ（版）

『慈鎮和尚自歌合』聖真子十五番に採られている(17)。ここでは本文に異同があり問題となるので、『慈鎮和尚自歌合』の最善本とされる永青文庫本により、十五番左右と判詞を示しておく。

十五番
左　持　金剛界五部の中に蓮花部を
なかぞゝれおなじ聖のめぐりゐるきりくじのはちすむねにひらけぬ
右　妙法蓮花を
わしの山やとせの法をいかにしてこの花にしもたとへそめけん

左のきりく字、右の妙法蓮花、勝負に及べからずや侍らん。同科とす。

題の「蓮華部」は、『秘蔵記』に、

一には、蓮華部。吾が自身の中に浄菩提心、清浄の理あり。この理は六道・四生界を経て、生死の泥中に流転すといへども、而も不染不垢なること蓮華の泥中より出生して、而も不染不垢なるが如し。仍つて蓮華部と名づく。

とあるように、蓮華の如く不染不垢な理を表す。阿弥陀如来を部主とする。

まず、第四句の「きりじ」をめぐって。これは、これまで、「きりし」と清音で読まれてきたようである。『校註国歌大系』の頭注は、「きりし　清浄。」としている。(18) また、畑中盛雄（多忠）『類題法文和歌集注解』（以下『注解』）(19)は、次のように注解している。

きりしの蓮いまだ詳ならず。もしきりくの梵字《キリ》は阿弥陀の種子なり。きりと斗も云也。此部は阿弥陀にあたり侍れば、きりしの蓮といへるはあみだの種子の蓮といふ事なるべし。きりの梵字をこめて、しは助語とせるなるべし。又きり池《チ》の蓮といふ事にや。池《チ》としは通音なれば、さまたげなし。阿弥陀経疏に浄土をきりたらこた国といへり。しかれば浄土の池の蓮といふ義にや。両説にとりて前の説近きやうにや。なをたづぬべし。

ここでは二つの説を述べている。一つは、「きりし」の「きり」を阿弥陀の種子の「𑖮𑖿𑖨𑖱𑖾（キリク）」を言うとし、「し」を助語とする説。種子とは、仏や菩薩など各々を一字で標示した梵字のことであり、阿弥陀の場合はこの「𑖮𑖿𑖨𑖱𑖾」で示される。これは一般に「キリク」と読まれるが、『注解』は「キリ」とも読まれることがあるという。二つは、「きり」を浄土を意味する「きりたらこた国」の略として、「し」を「池」の意とする説である。この内の前説を有力としている。

これについては、『慈鎮和尚自歌合』でここを、「きりく（𑖮𑖿𑖨𑖱𑖾）じ」とし、俊成の判詞でも、「きりく字」と言っていることから、「きり」は、阿弥陀の種子である「𑖮𑖿𑖨𑖱𑖾」を指し、「じ」は「字」を意味していることは明らかであろう。ここで「きりじ」とあるのは「きりくじ」の誤写か、あるいは、「きりくじ」は、漢字では「紇利倶字」の他に、「紇利字」或いは「纈利字」などと表記することもあることから、「きりじ」としたものと考えられよう。ともかくも、これは「きりし」ではなく「きりじ」と読むべきである。

その上で、「きりじ（きりくじ）の蓮」とは何か。『注解』では、「あみだの種子の蓮」というのみであるが、さらに具体的に考えられるようである。

台密の修法の中に「阿弥陀法」がある。慈円の建永元年『大懺法院条々起請事』「毎年仏事」に、

一　毎年仏事

右、毎年仏事は、修二月、仏名、両箇大法、彌陀護摩、二季彼岸、報恩講会等、是なり。（中略）次に、秋九月の勤行、法花法、不断経あるべし。相続きて、阿弥陀護摩七箇日。彼、亡卒怨霊を、浄土の蓮台に釣召す

ためなり。[20]

と、傍線箇所に、「彌陀護摩」「阿弥陀護摩七箇日」とある。これは、例えば台密の『行林抄』第四「阿弥陀法」において「阿弥陀護摩七箇日支度」と言った箇所があり、[21]「阿弥陀法」と同一のものと考えられる。大懺法院においても行われた修法であった。

この「阿弥陀法」は、不空訳の『無量寿如来観行供養儀軌』あるいは『金剛頂経観自在王如来修行法』[22]に依る修法であるが、その『無量寿如来観行供養儀軌』の「観自在菩薩三摩地《さんまぢ》」の行法を記した箇所に、次のようにある。

即ち観自在菩薩三摩地に入り、目を閉じ、心を澄まして、自身中、円満潔白なること、猶ほ浄月の如しと観ぜよ。仰て心中に在き、浄月の上に於て、紇哩（二合）字、大光明を放つと想へ。其の字変じて八葉蓮花となり、蓮花台の上に於て観自在菩薩あり、相好分明なり。左手に蓮花を持し、右手は開花葉の勢を作す。（中略）その蓮花の八葉の上に各如来あり。入定して結跏趺坐し、面を観自在菩薩に向け、項に円光を佩び、身は金色の如く、光明晃曜せり。[23]

この箇所は、『行林抄』第四「阿弥陀法」[24]、『阿娑縛抄』巻第五十三「阿弥陀」[25]にも引用されている。「観自在菩薩三摩地」については、慈円の『四帖秘決』の中にも触れるところがある。[26]この箇所の要旨を示せば、目を閉じ心を澄まし、清浄な月を観じ、その上に大光明を放つキリク字を想う。するとそのキリク字が八葉蓮華に変じ、その蓮華の中心には、観自在菩薩（観世音菩薩）が座す。それを囲む八つの葉のそれぞれの上にも如来が座すのを観じる、というものである。その八葉上の如来については、『四十帖決』巻第七に、

観自在三摩地、八葉に於て八如来を観ず云云、阿彌陀如来を謂ふなり。其の上は観自在なり。

また、

軌に八葉の上に一一に如来有りとは、即ち彌陀如来なり。(27)

という説が見えるように、阿弥陀如来と考えられていた。

歌の「きりじ（きりくじ）の蓮」は、このキリク字が変じる八葉蓮華を言っているのではなかろうか。とすれば、「同じ聖のめぐりゐる」という難解な表現も、中心の観自在菩薩を囲む、この八葉上の八体の阿弥陀如来を指しているとすれば理解できる。

なお、この八葉蓮華については、大正蔵七十六『行林抄』に図版がある(28)（次頁下段）。また、阿弥陀曼荼羅の一形式として描かれることもあった(29)。ただし、結句に「胸にひらけて」とあるように、描かれた阿弥陀曼荼羅を詠んだのではなく、やはり観想した蓮が心の中で開くことを言っているのである。

最後に初句「なかぞそれ」をめぐって。先に校異をあげたように、七巻本系統本、改編五巻本系統本では「ながめられ」という本文であり、京大本の異本注記に「ながめしれ」とある。また、『慈鎮和尚自歌合』の本文に

も問題がある。永青文庫本は「なかぞヽれ」であるが、群書類従本、高松宮本、神宮文庫本等において「なかぞら（半天、中ぞら）の」とある。整理すれば、『拾玉集』では、「なかぞそれ」「ながめられ」「ながめしれ」が、『慈鎮和尚自歌合』では、「なかぞそれ」「なかぞらの」が対立する。すべて初めの二字「なか」が共通し、その下は、「そ」と「ら」、「れ」と「の」の違いと、誤写による異同と思われる。(30)

新編国歌大観の『慈鎮和尚自歌合』では、永青文庫本を底本とするが、対校本により、「なかぞらの」と校訂している。しかし、『拾玉集』と、『慈鎮和尚自歌合』に唯一共通する本文が「なかぞそれ」であり、また、誤写の過程を考えてみても、途中で「なかぞそれ」という意味の取りにくい本文が生じたとは考えにくい。「なかぞそれ」が難解であるために、意味の通りやすい「なかぞらの」などの本文が生じたと考えるのが自然であろう。「なかぞそれ」を簡単には捨てられないように思う。

「なかぞそれ」という用例は見出し難いが、「〜ぞそれ」という用例は、慈円にも、

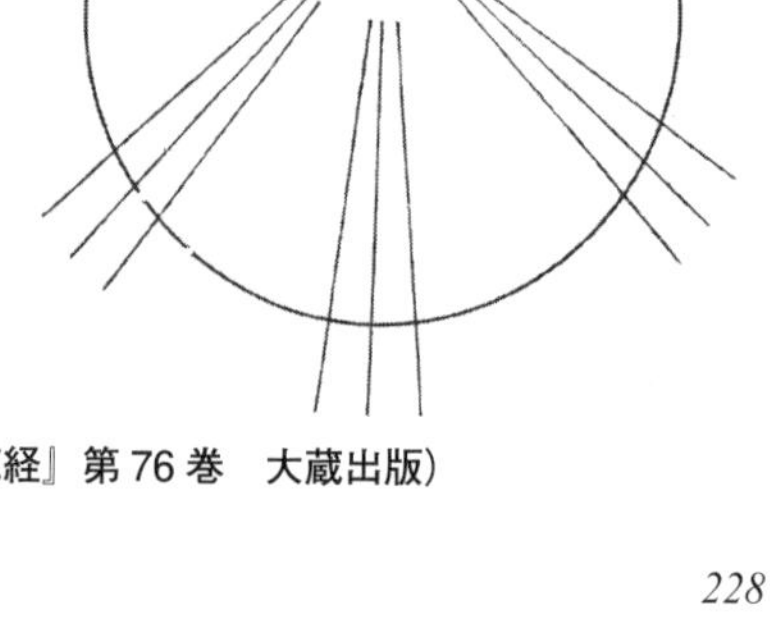

「八葉蓮華」（『大正新脩大蔵経』第 76 巻　大蔵出版）

思ふべしわがうつつこそかなしけれ御法のやどにみる夢ぞそれ（拾玉集・二四八七）

というように見出せる。この場合は、「それ」の指すものが一首中にあるが、当該歌の場合、それが一首中からは考えられない。しかし、先の八葉蓮華を前提とすれば、中心には観自在菩薩が座し、それを指して「なかぞそれ」と言ったと考えられないか。

通釈は「中心に座すのが観自在菩薩だ。その周りを八体の同じ阿弥陀如来が囲む、キリク字から変じた八葉蓮華が、心の中に開いて」。

なお、この『無量寿如来観行供養儀軌』「観自在菩薩三摩地」の箇所を詠んだ歌がこの後見られる。為家に次のような一首がある。

同歌中（毎日一首中）

観音の大慈大悲ぞむかふべき八葉のはちすむねにひらきて（夫木和歌抄・雑十六・一六三一九）

結句が慈円歌と類似し、八葉蓮華を詠み、さらに観音（観自在菩薩）を詠んでいることから、同様に観自在三摩地の八葉蓮華を詠んだものと考えられよう。

慶政上人の、

於蓮華八葉上各有如来

法の水ふかきさとりを種としてむねのはちすの花ぞひらくる　（玉葉集・釈教・二七一五）

は、『無量寿如来観行供養儀軌』を題としたものである。

また、この「蓮華部」で観想された蓮を詠むのは、先に示した「右大臣家百首」兼実の「妙観察智」の歌、

そこきよく心の水をすまさずはいかがさとりの蓮をもみん

からの影響があると思われる。

四　宝部の歌

寶部　／かれぞかし三十のうへに二そへてたからの中にたからをぞみる

「宝部」は、『秘蔵記』に、

一には宝部、仏の万徳円満の中に福徳の辺を宝部といふ。

というように、仏の福徳の宝の如きを示す部である。

「かれぞかし」は、部主の宝生如来を指して言ったもの。宝生如来については、『金剛頂瑜伽略述三十七尊心要』に詳しい。

次に、当に南方の福徳聚、宝生如来を礼すべし。摩尼宝餅を持すと想え。一切如来に灌頂を与うと想え。即ち、虚空蔵菩薩は、摩尼宝珠を執り、一切衆生の所求の願を成満す。此の福徳聚の功徳に由り、無量無辺の赫奕たる威光は、求むる所を預満す。此れ乃ち宝生如来、宝部に摂する所なり。即ち、平等性智なり。(31)

このように、摩尼宝珠を持ち、福徳によって衆生の願いを満足させる宝生如来の姿が描かれているのであるが、「摩尼宝餅を持すと想え」とあるように、これも観想行の中で見る姿である。歌の「宝の中に宝をぞ見る」というのも、こうした宝生如来の姿を心の中に見るということなのであろう。

「三十のうへに二そへて」とは、『類題法文和歌集注解』が、「仏の卅二相はまことに摩尼宝に比してたてまつればかくいへるにや。」と注し、また、『校註国歌大系』の頭注も指摘するように、三十二相のこと。三十二相とは、仏に備わる三十二の優れた身体的特徴のことである。すでに、『拾遺集』哀傷に、

光明皇后、山階寺にある仏跡にかきつけたまひける

みそぢあまりふたつのすがたそなへたるむかしの人のふめるあとぞこれ　（一三四五）

という用例がある。また、『四十帖決』巻第五「五部次第」に、

次に宝部とは、摩尼宝を三形となす。これ諸仏の福徳の門なり。即ち、福智二厳円に備り、因円果満して、方に相好、荘厳の宝冠瓔珞の相を現じて人に示すなり。(32)

と、宝生如来が、特に宝冠瓔珞の相好を現わすといった箇所があり、ここで三十二相を詠むのは、この辺りに依るのであろうか。ともかく、宝生如来の三十二相の中に、宝の相を見るということである。
通釈は「宝生如来であるよ。三十二相を示す宝生如来の中に宝の相を見る」。

五　金剛部の歌

金剛部　／たのもしな浮世の中の破屋にひとりくだけぬ法の里人

『慈鎮和尚自歌合』客人十五番に採られている。(33)
「金剛部」は『秘蔵記』に、

二には金剛部。吾が自心の理のところにまた智あり。この智は生死の淤泥を没在して無数劫を経といへども、而も不朽不壊にして、よくもろもろの煩悩を破すること、金剛の久しく地中に埋むといへども、而も不朽不壊にして、もろもろの怨敵の固き物を摧破するが如し。仍つて金剛部と名づく。

とあるように、智を示す部である。その智は、金剛のように、生死の中において不朽不壊であり、諸々の煩悩や障害を斥ける。よって「金剛部」というのだと説明している。

「浮世《うきよ》の中の破屋《やぶれや》にひとりくだけぬ」について、『類題法文和歌集注解』は、

浮世中は壊劫とて三禅天まで三災によりてやぶれはつる時あり。しかるに持法の菩薩はあへてかやうのわづらひなし。まことに金剛のくだけざるがごとし。よりてかくはいへり。

と注解し、「くだけぬ」という表現が「金剛」を示すことを指摘している。「くだけぬ」というのは、『秘蔵記』に「不朽不壊」とあったように、「金剛部」の表す智のありかたを言ったものである。「破屋」について、『注解』は「壊劫」を考えているが、「くだけ」との縁語で詠まれたことを指摘しておくべきである。

「法の里人」は、慈円にもう一例見出せる。『法華要文百首』の、

授記品　無有魔事

ことをさふる物こそなけれさてももしあるはさながら法の里人　（拾玉集・二四四九）

であるが、題の『法華経』の箇所は、

その国の菩薩は、無量千億にして、諸の声聞衆も、亦、また、無数ならん。魔事あることなく、魔及び魔の民ありと雖も、皆、仏法を護らん。（上・三〇二）

とあり、ここでの「法の里人」は、菩薩、声聞を指している。当該歌では、「金剛部」の不朽不壊の智を司る、部主の阿閦如来を指すと思われる。こうした阿閦如来に「たのもしな」と信仰を寄せた一首である。

なお、慈円はこれ以前に『初度百首』釈教で、

たのもしな仏のみちにいる事はうき身なれどももれずとぞきく（拾玉集・九二）

と、『法華経』「方便品」の、

若し法を聞くことあらん者は、一として成仏せずといふことなからん。（上・一一八）

という法文を踏まえ、『法華経』への信仰を、同様に「たのもしな」と詠んでいる。

通釈は「たのもしいことだよ。壊れかけの家屋のようなこの世の中でも、独り不朽不壊の阿閦如来は」。

六　羯磨部の歌

羯磨部　／いかにしてわれさとらましもろ人の御法のにはをかざるけしきは
*校異　かざるけしきは―かざるけしきを（京）（版）

「羯磨部」の「羯磨」とは、作用、働きを意味する語。『秘蔵記』に、

二には羯磨部、衆生のために悲愍を垂れて一切の事業を成辨するを羯磨部といふ。

とあるように、仏が、慈悲を垂れ、一切衆生の救済のための事業を成し遂げることを示す部である。部主の不空成就如来の名も、衆生を教化する事業が空しからずして成就することに由来する。

『類題法文和歌集注解』は、

かつまとは作法をなすを云。御法の庭をかざる威儀にて題の心をこめたり。作法をばかつまと云。弁事とて事をわきまふ時は同じ字なれど、こんまとよむ事習ひにて侍るなり。

と注解しているが、この傍線部分にあるように、「御法の庭をかざる」という表現で、「羯磨部」の事業・作法を示している。但しこの場合は、仏の事業ではなく、「諸人」の仏のための事業として詠んでいる。

こうした「羯磨部」の示す事業のあり方に照らして、「いかにしてわれさとらまし」と、自らの信仰心を述懐した一首である。慈円の如何ともし難い我が身の信仰心を詠んだ歌として、すでに『厭離百首』に、

わたり河われしづむともいかにして人をたすくるふなよそひせん　（拾玉集・六九三）

とあり、また、『建暦日吉百首』でも、

いかにしてつみのたきぎをこりはててわが智恵の火にたきつくさまし　（拾玉集・二〇七八）

と詠まれている。

通釈は「どのようにして私は悟ろうか。諸人が御法の庭を飾り仏のために事業を成す景色は」。

七　密教観相の歌の中で

以上、五首の読解を試みたが、「仏部」「蓮華部」「宝部」の三首は、観想の行における心中の景を詠み、「金剛部」「羯磨部」では、自らの信仰心をめぐっての詠であった。「金剛界五部」という命題を、主に行の実践の面から詠んでいるのである。密教行法を詠んだ歌としては、月輪観の歌が古くから存在し、以下に挙げるように、勅撰和歌集釈教部にも必ず採られるものであった。

月輪観をよめる　　　　　　　　　　　　　僧都覚超
月の輪に心をかけしゆふべよりよろづのことを夢と見るかな　（後拾遺集・雑六・一一八八）
常住心月輪といへる心をよめる　　　　　　　　澄成法師
世とともに心のうちにすむ月をありと知るこそ晴るるなりけれ　（金葉集（二）・雑下・六四二）
（舎利講のついでに願成仏道の心を人人によませ侍りけるによみ侍りける）　　顕輔
いかで我こころの月をあらはして闇にまどへる人を照らさむ　（詞花集・雑下・四一四）
即身成仏の心を　　　　　　　　　　　　教長
てる月の心の水にすみぬればやがてこの身にひかりをぞさす　（千載集・釈教・一二一八）
観心如月輪若在軽霧中の心を　　　　　　　　権僧正公胤
我がこころ猶はれやらぬ秋霧にほのかにみゆる在明の月　（新古今集・釈教・一九三四）
観心をよみ侍りける　　　　　　　　　　　　西行法師
やみはれて心のそらにすむ月はにしの山辺やちかくなるらむ　（同・一九七八）

これらと比較しても明らかなように、慈円の「仏部」の、

いまはうへにひかりもあらじ望月とかぎるになればひときはの空

は、月輪が心中で円満に極まった時の、その月の明るさと、仏の世界と人間世界が一体化したその空間の広さを表現しているが、ここまで心中に観想される具体的な景に迫ったものはない。また、「蓮華部」の、

なかぞそれおなじ聖のめぐりゐるきりじの蓮むねにひらけて

は、観自在菩薩三摩地を詠んだものであったが、ここまで詳細に行における心中の景を丹念に詠んだものは見出しがたい。特にこの二首は、行の体験の感覚を写し取り表現し、またこれを読み聞く者は、この歌によって行の世界を疑似体験するような感覚に陥ったでろう。

そして、先に触れたように、兼実の「右大臣家百首」における「五智」の詠を意識し、九条家の伝統を意識したこの百首において、こうした実践的な行の歌を詠むのは、密教の行により、九条家そして国家を護ろうとする慈円の意図の表れである。

また、「蓮華部」の歌において、梵字を詠み込んでいることが注目される。梵字を詠み込むことは、慈円はすでに、文治六（一一九〇）年頃の「夏日舎利講演次同詠十如法文倭歌」の、

是因如に[梵字]字の字義を思ふかな荻なきやどに秋のゆふ風　（拾玉集・四二〇五）(34)

において試みているが、法文歌の中で、こうして自在に梵字を和歌表現に取り入れていくことが、後の著名な『拾

玉集』第五の散文の、「梵語はかへりて近く、やまとごとには同じといへり。」という和語梵語一致の思想の基盤となっていったと思われる。
先に第七章で見たように、『法華要文百首』の題は真言であり、慈円はそこに和歌を同列に並べたのであった。ここでは、密教修法によって立ち現れる世界を和歌で映し出し、梵字をそこに詠み込む。慈円が和歌と真言を同じ地平に置こうとした足跡を、このように見ることができるのだ。

注
（1）慈円「治承題（廿題）百首」の成立は建久八（一一九七）年。『校本拾玉集』歌番号二〇〇八～二一一〇。釈教は、二一〇三～二一〇七。主な論考に、久保田淳『新古今歌人の研究』（東京大学出版会、一九七三・三）第三篇・第二章・六・七二九頁～、石川一『慈円和歌論考』（笠間書院、一九九八・二）第二章・第五節・二〇八頁～、山本一『慈円の和歌と思想』（和泉書院、一九九九・一）第七章・Ⅱ・一六一頁～、がある。いずれもこの釈教五首には触れていない。
（2）小峰彌彦『図解・曼荼羅の見方』（大法輪閣、一九九七・七）、大法輪閣編集部編『図説・大日如来と密教の仏たち』（大法輪閣、一九九九・三）等参照。
（3）安井久善「九条家と同家百首和歌」（『和歌文学研究』二〇、一九六六・一〇）。
（4）小島孝之「治承二年右大臣家百首佚文集成」（『平安文学論究』第五集、風間書房、一九八八・一〇）にこの歌は集成されていないが、これもこの百首の時のものであろう。
（5）陽明文庫「吉水和尚詠」国文学研究資料館蔵、紙焼写真版（C6623）。
（6）『拾玉集』の諸本の分類は、石川一氏の説による。注（1）論考。
（7）『慈鎮和尚自歌合』の成立は、建久九（一一九八）年頃。永青文庫本（細川家永青文庫叢刊第八巻『歌合集』汲古書院、一九八四・四）により示しておく。

十五番

左勝　金剛界五部よみける中に仏部

今はうへに光もあらじもち月とかぎるになればひとときはの空

右　菩薩十度をよみける中に智波羅蜜を

これぞきはうき身をやがて佛ぞと心えつべき心ちこそすれ

右歌うき身をやがて仏ぞと侍も誠貴は侍れど、猶左十五夜月なをうへなくや侍らん

（8）『新勅撰和歌集』釈教

金剛界の五部をよみ侍りける仏部

いまはうへにひかりもあらじもち月とかぎるになればひとときはのそら（五九六）

（9）『空海全集』四（筑摩書房、一九八四・五）の書き下しによる。以下の『秘蔵記』の引用もこれに同じ。この五部を解説した箇所は、『阿娑縛抄』（第一九七）にも引用されている。

（10）『西行法師家集』六二六番。

（11）神作光一・長谷川哲夫『新勅撰和歌集全釈』三（風間書房、二〇〇〇・四）、二四二・二四三頁。

（12）『金剛頂瑜伽中略出念誦経』大正蔵一八、二四二b。

（13）『大智度論』大正蔵二五、一九八a。

（14）『校本拾玉集』一五九三番。

（15）『新勅撰和歌集全釈』三（風間書房、二〇〇〇・四）の「通釈」は、「もうこの上に光もあるまい。望月ときわまれば一際の空であることよ。」とする。

（16）「ひらけて」としたが、「て」か「ん」か、判別が難しい。

（17）「聖真子」の本地仏は、阿弥陀であるから、ここに記されていると思われる。

（18）校註国歌大系第十巻『御集全・六家集上』七二三頁。

（19）古典文庫（四七九）『類題法文和歌集注解』三、四〇～四三頁、歌番号一三二五～一三二九に、この五首の注解がある。

(20)『大懺法院条々起請事』、多賀宗隼『慈圓全集』(七丈書院、一九四五・一)伝記資料二・一〇、八二七頁により書き下した。
(21)『行林抄』第四「阿弥陀法」大正蔵七六、三二c。『行林抄』は、成立一一五四年、静然(台密法曼流の祖、相実の門下)編。
(22)『金剛頂経観自在王如来修行法』大正蔵一九。
(23)『無量寿如来観行供養儀軌』大正蔵一九、七一a。
(24)『行林抄』第四、大正蔵七六、三四b〜c。
(25)『阿娑縛抄』巻第五三・阿弥陀、大正蔵図像八、三五四c。
(26)慈円『四帖秘決』第三・六一「阿弥陀行法事」(『続天台宗全書』密教3、三七八・三七九頁)。
(27)『四十帖決』巻第七、大正蔵七五、八八一c。『四十帖決』は、成立一〇一六〜一〇八一年の間。長宴が皇慶との問答を筆録したもの。台密谷の三流(三昧流、穴太流、法曼流)の総口決。
(28)注(24)に同じ。
(29)覚鑁『五輪九字明秘密釈』大正蔵七九、一八c〜一九b。興然(一〇九五〜一二〇三年)『曼荼羅集』大正蔵図像四、一六a、及び曼荼羅集参考図像二九。
(30)石川一「校本『慈鎮和尚自歌合』」(『広島女子大学文学部紀要』二三、一九八八・一)を参照した。石川一『慈円和歌論考』(笠間書院、一九九八・二)第二章、第五節、二三一頁、注二〇にこの校異について触れるところがある。
(31)『金剛頂瑜伽略述三十七尊心要』大正蔵一八。引用は、『新国訳大蔵経』密教部六(大蔵出版、一九九四・八)七五〜七六頁。
(32)『四十帖決』巻第七、大正蔵七五、八六五b。
(33)『慈鎮和尚自歌合』客人十五番(永青文庫本)

左持　或住不退地

わしの山けふきく法のみちならで帰らぬやどに行人ぞなき

右　金剛界五部中に金剛部を

たのもしなうき世中のやぶれやにひとりくだけぬ法の里人

両方又勝劣なかるべし、猶持と申すべくや

（34）『校本拾玉集』四五二〇番参照。

終章　宗教テクストとしての和歌

一　永遠を観る

まずは、ここまでの要点を振り返っておく。

第一部は、寂然『法門百首』を論じた。第一章では、寂然『法門百首』の成立状況を押さえた上で、題・歌・左注の構造を分析し、その特徴を明らかにした。『法門百首』は、四季・恋を始めとした部立て、さらには『堀河百首』題という和歌の規範となる歌題の中に法文題を組み込み、その伝統的な和歌表現によって仏典世界を詠むという明確な意図の上に成り立つ作品である。また左注は、題の解説と、題と和歌の関連の解説を基本とするが、その表現は後代の和歌や説話の拠り所となり、多大な影響を与えていった。

第二章は、『法門百首』の創作目的について、天台の思想を伝統的和歌表現の中で体得させる試みであることを明らかにした。伝統的和歌世界に没入することにより、天台宗の奥義を直感させることを目的とした『法門百首』は、和歌文学作品の一つでありながら、一方で天台宗の唱導テクストとして生きていた。和歌は無常を映し出すものから一歩進めて、永遠絶対の浄土を映し出すものとして確立していくことになった。

第三章は、『法門百首』恋部が、恋と仏道を積極的に結び付ける思想の基盤を形成したことを明らかにした。『法門百首』恋部から、澄憲の唱導への影響関係が指摘できるように、説話集や唱導の中で恋と仏道が積極的に関わっていく思想が生まれる背景には、和歌における恋重視の伝統があった。

あくまで和歌の伝統表現という枠組みの中で法文題を表現しようとする『法門百首』の方法は、俊成の方法と通底するものであり、その後の法文歌の詠み方の規範となり、天台の奥義と和歌を通わす言説、また『宝物集』や『撰集抄』等の説話集に見られる、和歌を法文と同等のものとして捉える考え方の基盤を形成したのである。

第二部は、西行の釈教歌について論じた。第四章では『聞書集』所収の「法華経二十八品歌」の詠法の特徴と成立時期について、その読解を通じて明らかにした。『久安百首』、『山家集』巻末「百首」との表現の類似、また寂然『法門百首』と共通する点が多いことから、これらを踏まえた上で成立した作品である可能性が高い。また、題の『法華経』の内容に沿って詠むのではなく、題の一語から連想される歌ことばや故事によって一首を組み立てていくという詠法が特徴として指摘できる。寂然と同じく、花・月・山・海という和歌的景物によって仏の世界を表現しようとしているが、題の『法華経』の言葉から、歌の世界、故事の世界への連想は、自在かつ大胆である。

第五章は、西行が児島で詠んだ、「立てそむるあみ採る浦の初竿は罪のなかにもすぐれたるかな」という一首について、なぜ「あみ」という小生物を採ることが多くの罪の中でも重大な罪となるのか、という問題を考えた。この小魚の「あみ」には「阿弥」が掛けられていることを明らかにし、「あみ」が「阿弥陀」の名を持つことから、それを殺生することに重大な罪を感じたと結論する。庶民の言葉の中に仏教語を聞き取り、深く心を動かす西行の姿から、日本語と仏教語の不可思議な縁を重くみるという、和歌の掛詞の発想が生み出した仏教信仰の形を捉えた。

第六章は、第五章で分析した瀬戸内の歌を始め、広く海浜の人々との関わりの中で詠まれた歌に見られる掛詞・諧謔表現が、庶民に対する唱導の中で生きていたことを考えた。

西行は和歌の伝統的風景や心情のみならず、この瀬戸内の海浜詠に見られるように、庶民の言葉に至るまで、広く日本語の中に仏教語に通じていくものを発見している。さらにそれを用いて庶民へ仏の言葉を広めていったのである。

第三部は、慈円の釈教歌を密教的側面から論じた。第七章では、慈円『法華要文百首』の歌題（『法華経』の句）と慈円の事相書『法華別帖』に挙げられた『法華経』の要文との関わりから、『法華要文百首』の創作目的を明らかにした。『法華別帖』は、密教修法である「法華法」について記したもので、そこに挙げられた祈願を込めて唱えられる真言としての要文のほぼすべてが『法華要文百首』題に取り込まれている。『法華要文百首』の歌題は、真言、呪句つまり祈願の句という視点から選び出したという側面が大きい。「法華法」は、主に後鳥羽院のために修せられ、無病息災、延命などの祈願を目的としたものだが、『法華要文百首』もこの密教修法と方向を同じくする営みであったと考えられる。

第八章は、第七章を受けて『法華要文百首』の和歌表現の中に、仏と後鳥羽院を重ねて詠んだと考えられる和歌を指摘した。後鳥羽院が体現する仏の世界を表現することにより、その実現を祈願した作品である。

第九章は、「治承題百首」における「金剛界五部」を詠んだ五首を読解し密教観相との関わりを明らかにした。特に仏部・蓮華部の歌は、「五相成身観」・「阿弥陀法」という密教観相において体得された心象風景を表現しているが、慈円はこの密教の重要命題を行の実践の面から詠んでいる。九条家の伝統を強く意識した「治承題百首」において、九条家さらには国家繁栄の祈願のための歌であったと考えられる。

慈円にとってこうした和歌は、修法と同じく祈りであり真言なのであった。慈円も釈教歌の中で、和歌＝真言とする言説の基盤を形成したのである。

以上のように、寂然・西行・慈円と中世初期の近い時期の釈教歌を見てきたが、それぞれの中に、和歌と仏教、歌ことばと仏教語を同列に置こうとする様々な試みの跡が見て取れた。和歌が天台や真言の奥義に通じるという言説の一方には、こうした和歌の伝統的表現、歌ことばと仏典の場面、思想、言葉とを同位に置く釈教歌の試みがあったのである。『古今集』の時代、和歌が漢詩と同等の立場を得たように、中世初頭、和歌は仏教経典と同等の立場を得ようとした。和歌＝法文・真言・陀羅尼という言説はもちろん無前提に生まれたのではない。これまで見てきたように、釈教歌、特に経典を題とする法文歌の中で、和歌の伝統的な表現は仏典に比するものとして認識されていくのである。それを通じて和歌は本来のそのままの形で、仏教に通じるものとしてその地位を確立していく。さらに、その融合の試みの中で、恋と仏道を結び付けるなど、独特の信仰形態が生み出されていった。

また、これらの中世初期の釈教歌の表現に通底するのは、現世の風景や人の心の中に仏の世界を垣間見ようとしていることとである。寂然は、和歌の伝統的表現世界の中に、西行はそこからさらに庶民の言葉の中に、慈円は後鳥羽院の王法の世の中に、また観相修行の中で体得された心象風景の中に仏を観ようとしている。

和歌は古くより、風景の中に人の世の道理を見てきた。たとえば、

うつせみの世にも似たるか花ざくら咲くと見し間にかつ散りにけり　（古今集・春下・七三・よみ人しらず）

散る花からは必滅の道理を。また、

逢ふことのなぎさにし寄る波なればうらみてのみぞ立ちかへりける　（古今集・恋三・六二六・在原元方）

打ち寄せては帰る波には、かなわぬ恋の道理を。はかなき人の無常の運命を自然の風景の中に見出してきた。そしてやがて和歌は風景の中に、仏の世界を見るようになる。浄土の風景、悟りの感覚、あるいは、はかなき恋の心に仏を求め祈る心、といったように、はかなさの先に、来世の姿、永遠の感覚を捉えるようになる。無常から永遠へ、その転換点に位置するのがこれまで見てきた作品である。中世初期の釈教歌の魅力の源泉はここにある。無常の身を悟ることは、来世の成仏を確保するものだけではなく、やがて現世を美しく見せ永遠を生きる感覚を掴むことにつながっていく。平安末期から中世初期にかけての釈教歌の深化は、あたかもそれを体現しているかのようである。

和歌によってなぜこうした永遠の浄土を描くことが可能であったのか。その一つは、和歌が見立てという物の見方を受け継いできたことがある。和歌は風景の中に見えざる幻視される風景を描いてきた。

桜花散りぬる風のなごりには水なき空に波ぞ立ちける　（古今集・春下・八九・貫之）

桜花が舞い散る大空に、永遠に繰り返される波を見た。こうした風景の見方が、やがて現世の風景の中に浄土を観るようになる。また、縁語・掛詞の存在もあった。西行において見てきたように、どんなにかけ離れたものであっても、同音であることにより結び合わせてしまう思考は、仏教語を日本語の中に取り込んでいった。

見立て・縁語・掛詞という和歌の物の見方、そして現世の四季や恋の心を映し出す和歌表現によって、仏典の様々な場面が描かれていく。その中で、自ずと仏教はより現実肯定的な色合いを強めていくことになるのである。仏教の日本化の問題の中で、この和歌の伝統という要素は決して小さくない。

二　仏教における和歌の役割

そもそも釈教歌への関心のきっかけは、俊成の、

今ぞこれ入日を見ても思ひこし弥陀の御国の夕暮の空　（新古今集・釈教・一九六七）

いにしへの尾上の鐘に似たるかな岸打つ波の暁の声　（同・一九六八）

という『新古今集』釈教部に入った「極楽六時讃歌」の二首であった。「今ぞこれ〜」からは、見知らぬ極楽の空が眼前に浮かぶような、あるいは、この世の夕暮の空があたかも極楽の空のように思われてくるような感覚を、「いにしへの〜」からは、極楽の暁の波の音という静寂な空間に包まれていくような、あるいは、暁の鐘の音を聞きながらそのまま極楽の金色の波が打ち寄せる波打ち際に誘われていくような感覚を受けた。極楽浄土という

のは、この世の風景の延長線上にあるのだという安心感。現世の夕暮の空を前にして恍惚とし、この世を超えた世界にいるかのような錯覚に陥る。そうした感覚や体験を喚起するところにこれらの歌の魅力がある。このような和歌は、浄土という超越的世界をいかに実感するか、実感させるか、そこに向かっている点で宗教にとって実に大事な領域を担っている。和歌は文学と括られるけれど、極楽とはどのような世界なのか、それを自ら感覚しようとするため、あるいは感覚させ信仰を喚起するための仏教テクストでもある。

同時代のいわゆる新古今調と言われる幻想美の世界。そこにはたくさんの夕暮れが詠まれるが、例えば、藤原定家の著名な一首、

駒とめて袖うち払ふ陰もなし佐野の渡りの雪の夕暮　（新古今集・冬・六七一）

という歌。これは先の「極楽六時讃歌」のように、極楽浄土という宗教概念を詠んだものではない。しかし、この「夕暮」はこの世の風景でありながらも、この世を超えた世界を感じさせるという点で、単に和歌文学の領域のみで扱われるべきものなのだろうか。あるいは、新古今調の極致とされる、藤原家隆の、

志賀の浦や遠ざかり行く波間よりこほりて出づる有明の月　（新古今集・冬・六三九）

この歌に神仏は語られない。しかし、現世の風景以上の神秘性が感じられることに疑いはないだろう。釈教歌のみならず一般の和歌すらも、日本の仏教そして宗教を考える際に、無視できないテクスト領域なのである。

このような問題を考えるにあたって、町田宗鳳『人類は「宗教」に勝てるか―一神教文明の終焉―』（NHKブックス、二〇〇七・五）に示唆的な指摘がある。その主旨は、キリスト教や仏教といった既成の宗教は、対立を繰り返し、決して平和をもたらすものではない、という前提から、

人間の力を超えた偉大なるもの（something great）に対して、全身が震えるほどの敬虔な気持ちさえあれば、神仏を語る必要なんかないのである。（一四九頁）

と、一神教・多神教といった従来の宗教の概念を超えた次世代の宗教として「無神教」を提唱する。

無神教とは無神論のことではない。無神論は共産主義のように、神の存在を否定する思想であるが、私がいう無神教は、神仏の姿が消えてしまって、われわれの体内に入り込んでくることである。（一五一頁）

というように、キリスト教や仏教などの宗教は、「霊的に幼い人類に与えられた歩行器のようなもの」であり、超越的世界に視点を開かせるものであって、それを乗り越えていくことを主張する。その「無神教的コスモロジー」の表現として、町田は、芭蕉の発句を評価し、その宗教的意義づけを試みている。たとえば、

あらたふと青葉若葉の日の光

について、

　春先に芽吹いた若葉に照り返す陽光を詠むことによって、そこに何かしら尊いものが存在していることを読者に共感させる。（一八三頁）

とし、日光の神社仏閣への直接の言及を避けながら超越的存在を感じさせる点を評価する。

　仏教を吸収しながらそれを体内に取り込んで仏教を最終的に捨てていく、という構造は、中世の和歌を考える際にも参考になる。和歌は釈教歌を通じて仏教という宗教を取り込みながら、現世の風景と超越的風景が、「心澄む」という高次の精神状態で結びつくことによって、二項対立を乗り越え、もはや神仏を語らずして、その超越的世界を表現するにいたったという図式があるように思われる。

　和歌の側から言えば、伝統的和歌表現が超越的世界を内包するようになるということだが、仏教の側から言えば、和歌を詠むことによって、四季の風景の中から超越的なものの存在を感じ、あるいは恋情の中に祈る心の強さを見出す。つまり、現世を超えた世界を感得し祈るという信仰の根源にあるものに常に立ち返ることができる。

西行が慈円に語ったという、

　先づ和歌を御稽古候へ。歌御心得なくは、真言の大事は、御心得候はじ。（『沙石集』巻五末）

というのも、そのことを如実に物語っている。真言・止観・念仏など、さまざまな信仰形態があるけれども、和歌を詠むことは、その根源にあるものを養うことになると認識されていたのではないか。

和歌は古来、無常を体感させるものとして仏教にとっても重要なものであったが、この中世初期の釈教歌によって、天台の思想の体得、庶民への仏の言葉の流布、密教の修法を体現するためのものとして、和歌は仏教におけるその役割を深めていく。そして、宗教の概念や経典を血肉化した自らの感覚で捉えるためのものとして、祈願を込めるものとして、和歌は宗教における重要な領域を担っていくことになるのである。

初出一覧

＊本書を編むにあたり、全体に加筆・修正を施した。

序章　「中世和歌と仏教―その研究と課題―」（『上智大学国文学論集』四一、二〇〇八年一月）を元に改稿。

第一部

第一章　「寂然『法門百首』の形成と受容」（『和歌文学研究』八〇、二〇〇〇年六月）に、『寂然法門百首全釈』解説（風間書房、二〇一〇年七月）の一部を加え改稿。

第二章　「寂然―浄土を観る―」（阿部泰郎・錦仁編『聖なる声―和歌にひそむ力―』三弥井書店、二〇一一年五月）

第三章　「恋と仏道―寂然『法門百首』恋部を中心に―」（『上智大学国文学論集』三三、二〇〇〇年一月）

第二部

第四章　書き下ろし。上智大学国文学会夏季大会（二〇一三年七月）口頭発表「西行『聞書集』所収「法華経二十八品歌」の詠法をめぐって」を元として成稿。

第五章　「西行「糠蝦」の歌をめぐって」（『国語と国文学』二〇〇六年八月）に、「王越・青海の西行伝承と『山家集』瀬戸内詠について」（『西行伝説の説話・伝承学的研究（第三次）』二〇〇八年三月）を加え改稿。
第六章　「西行と海浜の人々」（『西行学』一、二〇一〇年八月）

第三部

第七章　「慈円『法華要文百首』と法華法」（『中世文学』四六、二〇〇一年六月）
第八章　「慈円『法華要文百首』と後鳥羽院」（『上智大学国文学論集』三六、二〇〇三年一月）
第九章　「慈円「金剛界五部」の歌を読む」（『学習院高等科紀要』一、二〇〇三年六月）

終章　書き下ろし。但し、「宗教テクストとしての寂然『法門百首』」（『日本における宗教テクストの諸位相と統辞法』名古屋大学大学院文学研究科、二〇〇九年二月）、及び「中世和歌と仏教――その研究と課題――」（『上智大学国文学論集』四一、二〇〇八年一月）の一部を組み込んだ。

あとがき

和歌と仏教が結び付くのは奇妙なように見えるけれども、和歌と漢籍と仏典を当たり前の教養とする人々にとっては、それはごく自然なことであったのだろう。和歌研究者は仏典を読もうとしない。仏教研究者は和歌を読もうとしない。そして釈教歌というジャンルはいつしか宙に浮いてしまった。何か傍流にある奇異なものとして位置付けられてしまった。だが、信仰を込めた和歌が二次的なものであるはずはない。ともかくも、釈教歌を読もうと思い、まずはその中で釈教歌の様々な問題点を洗い出し、切り口を見出そうと、卒業論文の藤原俊成『極楽六時讃歌』からそれは始まった。本書は、そこからこれまでの読解の上に成り立ったものである。釈教歌の総体の把握を目指すけれど、まだまだ到底及んでいない。昨今、中世後期の釈教歌の研究も盛んになりつつあるが、今後の課題は山積みである。

二〇一三年秋、上智大学へ博士論文を提出し、それをもととして本書は成り立った。この中の論文の大半は、二〇一四年三月まで十三年間勤めた前職学習院高等科時代に執筆したものである。国語科の教員として、担任として、教務課として、部活動の顧問として、生徒、父兄、同僚と常に密接に関わり合いながら、忙しくも実にエネルギーに満ちた十年余りであった。その中でも研究を捨てなかったのはなぜだろうかと、ふり返れば不思議に思う。学習院高等科には研究の匂いが満ちていた。毎年発行される分厚い紀要がそれを象徴しているが、それならずとも、教科を問わず途轍もなくアカデミックな教員の集団であった。それでも、気持ちが途切れていたこともしばしばあった。そのような時にある恩師から、論文が書けない時は注釈を続ければいい、しっかり読んだものは財産になる、と助言をいただいた。それは救いになった。そこから一年に二十首というスローペースではあったが紀要に連載し、二〇一〇年に『寂然法門百首全釈』（風間書房）としてまとめることができた。本書のベースとなるものであり、合わせて参照いただければと思う。この間、上智大学の先生方、先輩方からも多大なプレッシャーをいただいた。苦しかったが、それがなければ潰れていただろう。

そして分野を問わず実に多くの先生方からご指導をいただき、様々な影響を受けた。お名前を挙げきれないが、稲岡耕二先生からは、大学入学当初より読書会に参加させていただき、研究の基礎さらには情熱と厳しさを学んだ。「筆禅道」の寺山旦中先生からは、仏教の魅力と本質を学んだ。先生との出会いがなければ仏教への開眼はなかったかもしれない。そして何より指導教官としてご指導いただいた渡部泰明先生、西澤美仁先生には、公私ともに大変お世話になり、大学院を出た後も常に励ましていただいた。全く違うタイプのお二人の先生にご指導いただくことができたのは幸運なことであった。

先日同僚の先生との雑談の中で、「何とも説明しがたい体験を表現したい、せずにはいられない衝動」ということが話題になった。なぜ自分はこうしたテーマの研究をしてきたのだろうか。中学高校時代に出会った一人旅の風景。列車の窓を全開にして山陰の海岸を眺めながら、ふと、この風景さえあれば生きていけると思ったあの感覚。今から思えば、「浄土を観る」などというテーマは、そうした体験を何とか説明したいという思いから生まれたのだと思う。たまたま論文というスタイルではあるけれども、書いたものは何かしらの思いの表現でありたいと思う。研究対象の作品は今の世の中を支えるものであってほしいと思う。

最後に、これまで支えてくださったすべての方に感謝申し上げたい。文学部への進学、大学院への進学を心から支援してくれた両親と祖父母、ともに歩む妻と子どもたちには、感謝を尽くせない。

本書の出版にあたっては、笠間書院の池田圭子社長、橋本孝編集長にご高配を賜り、編集過程においては相川晋氏に大変お世話になった。深く御礼申し上げる。

なお、本書は平成二十七年度科学研究費補助金（研究成果公開促進費）の交付を受けて刊行されたものである。

二〇一五年一二月

山本章博

〔著者略歴〕

山本 章博（やまもと あきひろ）

1974年　神奈川県生
1996年　上智大学文学部国文学科卒業
2001年　上智大学大学院文学研究科国文学専攻博士後期課程単位取得退学
2001年　学習院高等科教諭
現在、大正大学文学部准教授。博士（文学）

著書：『寂然法門百首全釈』（風間書房、2010年、単著）、『慈円難波百首全釈』（風間書房、2009年、共著）
論文：「一遍上人の和歌表現をめぐって」（『仏教文学』2015年4月）、「慈円の和歌と阿弥陀信仰」（『国語と国文学』2015年5月）など。

中世釈教歌の研究――寂然・西行・慈円

平成28年（2016）2月16日　初版第1刷発行

著　者　山本章博

装　幀　笠間書院装幀室

発行者　池田圭子
発行所　有限会社 笠間書院
東京都千代田区猿楽町2-2-3［〒101-0064］
NDC分類 911.142　電話 03-3295-1331　Fax 03-3294-0996

ISBN978-4-305-70393-2　組版：ステラ　印刷・製本／モリモト印刷

http://kasamashoin.jp

和歌・歌謡・俳諧索引

・本書で引用した和歌・歌謡・俳諧の初句について、歴史的仮名遣いによる五十音順に配列した。
・初句が同じ場合は、第二句まで、以降違いが分かる部分までを掲出した。

【あ行】

【た行】

【な行】

【は行】

【は行】

【ま行】

【や行】

書名索引

・本書で論及した主要な書物名・作品名について、現代仮名遣いによる五十音順に配列した。

【か行】

【さ行】

【た行】

【な行】

【は行】

【ま行】

人名・仏名・事項索引

・本書で論及した主要な人名・仏名・事項について、現代仮名遣いによる五十音順に配列した。
・それぞれの読みは通行に従った。
・近世以前の人名は名を示し、姓氏を〈　〉内に記した。

【た行】

【な行】

【は行】

【ま行】

【や行】

【ら行】

【わ行】